U0530816

汉译世界文学名著丛书

巴杜亚公爵夫人

〔英〕奥斯卡·王尔德 著

许渊冲 译

商务印书馆
The Commercial Press

汉译世界文学名著丛书
出版说明

1902年，我馆筹组编译所之初，即广邀名家，如梁启超、林纾等，翻译出版外国文学名著，风靡一时；其后策划多种文学翻译系列丛书，如"说部丛书""林译小说丛书""世界文学名著""英汉对照名家小说选"等，接踵刊行，影响甚巨。从此，文学翻译成为我馆不可或缺的出版方向，百余年来，未尝间断。2021年，正值"汉译世界学术名著丛书"出版40周年之际，我馆规划出版"汉译世界文学名著丛书"，赓续传统，立足当下，面向未来，为读者系统提供世界文学佳作。

本丛书的出版主旨，大凡有三：一是不论作品所出的民族、区域、国家、语言，不论体裁所属之诗歌、小说、戏剧、散文、传记，只要是历史上确有定评的经典，皆在本丛书收录之列，力求名作无遗，诸体皆备；二是不论译者的背景、资历、出身、年龄，只要其翻译质量合乎我馆要求，皆在本丛书收录之列，力求译笔精当，抉发文心；三是不论需要何种付出，我馆必以一贯之定力与努力，长期经营，积以时日，力求成就一套完整呈现世界文学经典全貌的汉译精品丛书。我们衷心期待各界朋友推荐佳作，携稿来归，批评指教，共襄盛举。

商务印书馆编辑部

2021年8月

目　　录

第一幕……………………………………………………… 1
第二幕……………………………………………………… 17
第三幕……………………………………………………… 39
第四幕……………………………………………………… 56
第五幕……………………………………………………… 76

剧中人物

西蒙·格索　巴杜亚公爵

贝蒂斯　公爵夫人

安德烈·珀拉越罗　巴杜亚红衣主教

马飞岳　朝臣

杰坡·惠特洛索　朝臣

塔蒂欧·巴迪　朝臣

基多·费南蒂　青年

亚加略·克托发罗　青年友人

莫朗左　老人

贝纳多·卡瓦刚蒂　巴杜亚法官

于格　刽子手

露西　泰尔女子

仆人、市民、士兵、修士、猎人及鹰犬等。

布　景

第一幕
巴杜亚市场

第二幕
公爵府大厅

第三幕
公爵府走廊

第四幕
法院大厅

第五幕
地牢

时　间：十六世纪后半
地　点：巴杜亚

建筑风格：意大利式、哥特式、罗曼蒂克式

第一幕

　　巴杜亚市场中午时分；背景是巴杜亚大教堂；罗曼蒂克式的建筑用黑白大理石筑成；有阶梯通往教堂大门；阶梯下端有两只石狮；阶梯两侧房屋都有彩色窗篷，并有石砌拱墙；舞台右方有喷泉，半人半鱼的海神绿色铜像吹着海螺喷出泉水；喷泉周围石阶可作凳坐；教堂钟声齐鸣，男女老幼市民纷纷进入教堂。基多·费南蒂和亚加略·克托发罗上。

亚加略　现在，我以生命起誓，基多，我不能再走了；如果再走一步，我就没有命能再起誓，去完成你这只野鹅的使命了！（在喷泉前的石阶上坐下。）

基　多　我看就是这里。（走上前去，脱帽问行路人。）请问，先生，这里是商场吗？那里是圣克罗齐大教堂吗？（行人弯腰说是。）谢谢，先生。

亚加略　对了？

基　多　对！就是这里。

亚加略　我希望是别的地方，因为这里没有酒店。

基　多　（从衣袋里取出一封信来念道。）"时间：中午；城市：

　　　　　　巴杜亚；地点：商场；日期：圣菲利浦日。"

亚加略　人呢？我们怎么知道是他？

基　多　（接着读信。）"我会穿一件紫色外套，肩上绣了一只银鹰。"打扮得真英雄，亚加略。

亚加略　我宁愿穿我的无袖皮夹克。你认为他会和你谈你的父亲吗？

基　多　为什么不可以！现在已经过了一个月了，你记得吗？我在葡萄园里，就是在最靠近街道的那个角落，山羊老从那儿跑进来，那天却有一个骑马的人走过，问我的名字是不是基多，并且给了我这封信，签名是"你父亲的朋友"，要我今天到这里来，如果我想知道我出生的秘密，并且想认识写信人的话。我本来一直以为老彼得罗是我叔叔，但是他对我说他不是，他说我是一个他不认识的人留下来要他照管的。

亚加略　你并不知道你的父亲是谁？

基　多　不知道。

亚加略　甚至一点也不记得？

基　多　不记得，亚加略，不记得。

亚加略　（大笑。）那你就不记得他常常打你耳光，就像我父亲打我那样？

基　多　（微笑。）我敢肯定你不该挨打。

亚加略　当然不该；这就更糟。但我觉得没有使我超群出众并不能算什么过错。你说他几点钟来？

基　　多　他中午来。(教堂钟鸣十二下。)

亚加略　时间到了，而你的人还没有来。我信不过这个人，基多，我以为这是某个女人看上了你，我跟着你从佩鲁贾到巴杜亚，我发誓相信你会跟我到最近的酒店去喝酒的。(站起。)天吃星在上，基多，我饿得像寡妇想嫁人，累得像女仆听多了责备，干枯得像和尚念经。来吧，基多，你站在那里看什么？就像傻瓜想要看透自己的心一样。你等的人不会来的。

基　　多　对，我看你说对了。啊！(他正要脱外套，忽然看见莫朗左伯爵穿着紫色外套，肩上还绣了一只雄鹰；他走过去要进教堂，刚到门口，基多就跑过去拉住他。)

莫朗左　基多·费南蒂，你来得真准时。

基　　多　怎么！我父亲还活着？

莫朗左　啊，他活在你身上。你和他的外表一模一样，高低大小几乎没有分别；内心该是一样通情达理。

基　　多　告诉我父亲的事。我活着只是为了他。

莫朗左　那要单独谈。

基　　多　这是我最好的朋友，我们像两兄弟同到巴杜亚来，我们之间没有任何秘密。

莫朗左　有个秘密你们不能共享。请他离开。

基　　多　(对亚加略)一点钟后再来。他不知道世上有什么事能在一小时内使友情的明镜变暗。

亚加略　请不要对他说，他的眼睛看起来很害怕。

基　多　（笑。）不，我不怀疑他来告诉我：我是意大利贵族的后代，我们会同过快乐的日子。过一小时来好吗，亚加略？（亚加略下。）讲我父亲吧！（坐石阶上。）他个子高吗？我想他在马上看起来高。他头发黑吗？或者是金黄？像火中金子？他声音低吗？最勇敢的人有时候声音却像低声音乐，或像铜号，但会吓得敌人魂飞魄散。他是一人单骑作战，还是和勇士们共同保卫国家？因为我常感到皇家血液在心中奔腾。他是国王吗？

莫朗左　对，他是高高在上的人中王。

基　多　（得意扬扬。）当你最后看到我的父亲，他是高高的在众人之上？

莫朗左　对，他是高高在众人之上。（走到基多身边，把手放他肩上。）他在断头台上，刽子手的木枷套着颈。

基　多　（跳了起来。）你真可怕，像只老鸦，夜半的猫头鹰，从坟墓中带来的坏消息！

莫朗左　谁人不知道莫朗左伯爵？城堡筑在岩石上的堡主？有几亩不好耕种的土地，六个不省钱的仆人。我不只是帕尔玛最高贵的皇族，还是你父亲的朋友。

基　多　（紧紧握住他的手。）请讲。

莫朗左　你是诺任左公爵的儿子，他的旗帜飘扬在战场上，对方是萨拉松和土耳其。就是帕尔玛的王子龙巴迪，所有的美丽土地的主人，一直管到福罗琳的城门。

福罗琳听他的命——

基　　多　　他的死？

莫朗左　　你马上就会听到。战争中——勇敢的雄狮不愿意看到意大利受苦受难——他带领骑兵部队的精华来对付野蛮淫乱的利迷溺勋爵，上天诅咒的马拉勒斯达！但在阴险的埋伏中被擒，被当作下贱的奴才坏蛋，公然在断头台上被谋杀。

基　　多　　（抓紧佩刀。）马拉勒斯达还在吗？

莫朗左　　死了。

基　　多　　死了？死神，你跑得太快了，为什么你不能等我一等？等我完成你的使命？

莫朗左　　（抓住他的手腕。）不行！出卖你父亲的人还活着！

基　　多　　出卖！我父亲被出卖？

莫朗左　　是的！是笔买卖，是高价的买卖，是在秘密的场合成交的，出卖人被错当作好朋友受信任。被热爱的好朋友，好关系把他们连在一起——啊，世界上善良的好种子收获的却只是忘恩负义。

基　　多　　他还活着？

莫朗左　　我带你去见他。

基　　多　　犹大，你还活着！好，我要把这世界变成流血的地方把你绞死。

莫朗左　　你叫他作犹大？对，他阴险得像犹大，但是他比犹大更聪明，他觉得三十个银币还不够多呢。

基　　多　我父亲流血，他得到什么？

莫朗左　他得到了城市、公国疆域、田园、土地。

基　　多　他死了也只要六尺土地埋葬。他在哪里，这一个该死的坏蛋、恶魔？我要看看这个家伙，哪怕他是全身武装，杀气腾腾，即使他有成百成千卫队，我也要冲入他们的长矛，从他的黑心中取出黑血染污我的宝刀。让我看看这个人，杀了他。

莫朗左　（冷冷地）这算什么？傻瓜？死是人人要继承的遗产。突然而死更加痛快。（走近基多。）你父亲被出卖了，这才是问题；你也应该用出卖来对付出卖。我会让你成为他的家人，同吃他的面包——

基　　多　面包也是苦的。

莫朗左　你的舌头太敏感了，报仇会使口味变甜。你要夜夜陪他喝酒，和他同杯共饮，亲密无间，使他喜欢你，爱你，信任你，对你没秘密。他要你快活，你就哈哈笑；他要你难过，你就穿黑衣。等时机成熟——（基多抓剑。）不，我信不过你，热血青年，没经过考验，会轻举妄动，不肯耽误这复仇的大事。欲速则不达。

基　　多　你不了解我。告诉我他是谁，我会一切照你说的办。

莫朗左　好，时机成熟，得到对方信任，掌握情况，我会立刻派秘密传信人给你消息。

基　　多　我该怎样杀他？

莫朗左　那夜你该爬进他的密室。记住那夜。

基　　多　我不会忘记的。

莫朗左　我不知有罪人睡得怎样,如果睡着了,就要唤醒他。用手掐他脖子,看!就这样。然后告诉他你是哪家人,你父亲是谁,要报什么仇;要他祈祷求饶。他祈祷后,问他花多少钱买他的命,等他花完了所有的金子,告诉他你不要钱,不饶命,于是直截了当完事。你要发誓:要我允许才能杀他,否则我就回家,不让你知你父的事,不能为父报仇。

基　　多　我以父亲的剑——

莫朗左　那刽子手已经在广场上把剑折断。

基　　多　那就以他的坟墓——

莫朗左　什么坟墓?你的父亲死后没有坟墓,我看见他的骨灰在空中四散飘扬,就像稻草一样蒙住乞丐的眼睛,他的头,温文尔雅的头却高挂在监牢的长矛上。周围还有纸糊的王冠,让野兔伸出舌头来舔。

基　　多　难道真是这样?我以我父亲清白的一生和他悲惨的死亡来起誓,还有他朋友阴险的出卖,我要起誓报复这些事实。但我不会未得你的同意就要他的命——听天由命吧!他会死得比狗还更可怜,现在让我看信物吧?

莫朗左　匕首,你父亲的匕首。

基　　多　让我看看!我想起了我亲爱的叔叔,留在家乡务农的庄稼人。他告诉我幼年有件外衣，上面有很多金黄的豹斑；我更喜欢钢铁的豹子胆，对我更有用。告诉我，阁下，我父亲有没有留信给我？

莫朗左　孩子，可惜你没见到令尊，那时他被假朋友出卖了，他的同伴只有我逃出来带信给帕尔玛公爵夫人。

基　多　谈谈我的母亲。

莫朗左　你的母亲天上的圣人不比她纯洁，听到了坏消息就晕倒了，噩耗来得确不是时候——那时她新婚不过七个月——结果不满月就生下了你，她的灵魂也归天去侍候在乐园门口等她的令尊。

基　多　母亲死了，父亲被出卖受害！我似乎站在被围的城头，信使来了一个又一个，带来噩耗使我喘不出气，耳朵也聋了。

莫朗左　你母亲一死，怕敌人害你，我就发消息说你也死了，然后秘密地把你送到皮如嘉可靠的人家；以后的事你都知道。

基　多　以后你还看过我父亲吗？

莫朗左　看过一次，扮作葡萄园工偷偷去吕密尼。

基　多　（握住他的手。）你心真好！

莫朗左　吕密尼什么都能够买到，我就买通了监牢看守人。你父亲听说生了个男孩，头盔下的面孔闪闪发光，像航海迷途发现了灯塔，紧紧抓住我的双手，要我把你培养成人，我就要你向出卖朋友的恶人报仇。

基　多　你干得好；我为父亲道谢。对方是谁？

莫朗左　你提醒得很好。一举一动都像你的父亲。

基　多　那个叛徒是谁？

莫朗左　等等再说。公爵和他的朝臣都来了。

基　多　那又怎样？他叫什么名字？

莫朗左　他们看起来是不是好人，一群忠实可靠的上等人？

基　多　他的名字呢？

（巴杜亚公爵上，巴迪伯爵、马飞岳·皮特鲁斯等朝臣随上。）

莫朗左　（说得很快。）我致敬的人就是出卖你父亲的！注意！

基　多　（抓住匕首。）公爵！

莫朗左　你的手不要玩弄你的刀。怎么就忘了？

（向公爵跪下。）尊贵的主子。

公　爵　欢迎，莫朗左伯爵，你离开巴杜亚之后，好久不见了。昨天在你城堡附近打猎——你那栋破房子也算城堡？你坐着数佛珠，念念有词，像个老好人在数说过错。我想我不会做个老好人数说过错，老天会听厌的。（一眼看见基多，吃了一惊。）这人是谁？

莫朗左　我妹妹的儿子。现在成年了，学会了武艺，可以在公爵府为您效劳。

公　爵　（还瞧着基多。）叫什么名字？

莫朗左　基多·费南蒂。

9

公　　爵　哪个城的人？

莫朗左　在漫端出生。

公　　爵　（走近基多。）你的眼睛我仿佛见到过；不过他没有孩子就死了。你可以服役；我们正缺兵。你是一个老实人吗，孩子？要做不折不扣的老实人，你在巴杜亚要老老实实，有人说老实是表现自己，所以不时兴。瞧这些公侯，闻起来有麝香味，香丸味。

巴　　迪　（旁白）这是对我们射出来的箭。

公　　爵　他们每人有自己的价值；不过说实话，他们有些人不值那些钱。

巴　　迪　（旁白）这才是真话。

公　　爵　所以不要老实；与众不同虽然并不应该得到鼓励。但是在这个反常的年代一个人能做最离奇的事就是有头脑，群众会笑他，我并看不起这样的群众，他们像泡沫一般的吹捧只是一种群众性的表扬，我可不能忍受这种侮辱。

马飞岳　（旁白）他只需要恨，而他有的是。

公　　爵　和别人打交道需要谨慎，不要匆忙，要再思而后行。第一次冲动一般都坏事。

基　　多　（旁白）蛤蟆嘴里有毒，吐出来的都是毒气。

公　　爵　把人当作敌人，否则别人就会瞧你不起，有敌人也是权力的表现。对人要露出友谊的笑脸，等到他们在你掌握之中，你就摧毁他们。

基　　多　（旁白）啊，聪明人！你为自己挖了一个坟墓。
莫朗左　（对基多说。）你听了他的话吗？
基　　多　啊，当然。
公　　爵　不要太谨慎了，手脚干净并不是一种高明的表现。你想得到生活的大好处，就要披上小狐狸的假皮，那才能合每一个人的身。胖的、瘦的、高的、矮的都行。谁要会做这种衣服，孩子，永远不会没有主顾。
基　　多　主公，我会记住。
公　　爵　那好，孩子，那好。我身边不要肤浅的傻瓜，谁不看重黄金般的生命，只勉强生活，一定会完蛋，这是我从没犯过的错误；我身边要有人。至于良心，良心是懦夫使用的借口。他们逃避战斗，躲到盾后。你明白吗，孩子？
基　　多　明白，主子。并且会在每件事上按照你的教训去做。
马飞岳　我从没有听过主公这样传道说教。红衣主教也要让位。
公　　爵　主教！大家听我教训，主教只会唠叨，我并不太看得起他；虽然他是教堂神职人员，我却觉得他没趣味。那好，老弟，我把你当自己人了。
　　　　　（他伸出手来，让基多吻手。基多惊慌而厌恶地退缩。但一看到莫朗左伯爵的手势，赶快跪下吻手。）
　　　　　我要看到你是一个侍从，适合你在我公国的地位。

基　　多　非常感谢主公。

公　　爵　再说一遍：你的姓名呢？

基　　多　基多·费南蒂。

公　　爵　你是漫端人吗？诸位大臣，要看住你们的妻子！一个漂亮青年到巴杜亚来了。巴迪伯爵，你可以开心了，你家有个不漂亮的妻子，不必担心。

马飞岳　请主公放心吧，巴杜亚的夫人都很规矩。

公　　爵　怎么，她们不讨人喜欢吗？我们走吧，红衣主教耽误虔诚的公爵夫人的时间太久了。他的祷告和胡子都该切短一点。你和我们同去听圣杰罗姆祷告吗？

莫朗左　（鞠躬。）主公，我们还有——

公　　爵　（打断他。）不做祷告不必要找借口。走吧，诸位。（和随从进教堂。）

基　　多　（停了一下。）公爵就出卖了我的父亲。我还吻他的手！

莫朗左　你还需要这样做许多次。

基　　多　一定需要吗？

莫朗左　你发过誓了。

基　　多　誓言使我成了石头。

莫朗左　再见，时机不成熟，就不要见我。

基　　多　希望你快来。

莫朗左　时机一成熟，我就来。准备好。

基　　多　不必担心。

莫朗左　我是你朋友，等你从心里也从巴杜亚彻底消灭他。

基　　多　只从巴杜亚，不从我心里。

莫朗左　既从你心里，又从巴杜亚。在你成功前，我不离开你。

基　　多　我没朋友吗？

莫朗左　报仇的朋友，才是需要的。

基　　多　那就这样吧。

（亚加略·克托发罗上。）

亚加略　来吧，基多。我早就为你把一切都准备好了。已经喝了一瓶酒，吃了一个馅饼，还吻了做馅饼的女仆。怎么？你看起来并不快活，就像一个买不起苹果的小学生，或者一个卖不出选票的政客一样。有什么消息，基多，有什么消息？

基　　多　啊，我们要分别了，亚加略。

亚加略　这倒是新闻，但不是真的。

基　　多　这是真的，要分手，亚加略。再也不要看到我的脸了。

亚加略　不，不，你真不知道我，基多。的确我是普通人的儿子，也不懂什么礼节和规矩；但你是个贵族，我就不能做你的下手？比起别人来，我可以做得更好。

基　　多　（握紧拳头。）亚加略！

（看见莫朗左在注视他，就放下了亚加略的手。）

不行。

亚加略　为什么，出了什么事？我以为古老世界的情义在这个可怜的普通时代还可以继续下去；为什么我们如海的深情不能够继续？

基　多　继续？

亚加略　对！对！

基　多　不行，不行。

亚加略　你是不是得了贵族城堡或者黄金宝库的继承权？

基　多　（痛苦地）我继承了血腥味的遗产！啊，还有谋财害命的痛苦！我必须像个节吃省用的守财奴一般留着自己用，所以我劝你离开我好吗？

亚加略　怎么，难道我们就不能够再像从前那样手拉着手同读一本古代骑士小说，偷偷地像假日一样逃学？或者跟着猎人在秋天的森林里看猎鹰飞出脚镣去追逃跑的兔子？

基　多　不行了。

亚加略　难道我们要无情地分别？

基　多　你必须带感情一同走了。

亚加略　你不慷慨，没有骑士风度。

基　多　你愿意怎么说就怎么说。我们为什么浪费语言呢？分手吧。

亚加略　你没话要说，基多？

基　多　没有；我过去的一生只是一个学生的白日梦。今天

　　　　　我才得到新生。别了。

亚加略　　别了。(慢慢下。)

基　多　　现在,你满意了吗?你没有看见我最亲爱的好朋友像个厨子一样离开了我!这是我做的事!满意了吗?

莫朗左　　啊!满意了。现在我要走了,回到孤独的山头城堡去。不要忘了信号,你父亲的匕首。得到信号就要动手。

基　多　　会照办的。(莫朗左伯爵下。)啊,永恒的老天!如果我灵魂中还有什么自然留下的同情或慈悲,消灭摧毁它,化为乌有吧!如果你不动手,我要亲自用尖刀把怜悯从我心中挖掉,趁慈悲夜里睡着时把它扼杀,免得向我开口。报仇就是我的同行伙伴,和我同坐,一同骑马打猎,我疲倦的时候为我唱歌,我轻松的时候就开玩笑,我做梦的时候对我耳语,告我父亲被谋害的秘密——我说谋害?(拔刀。)
　　　　　我敬畏的上帝,听!你惩罚破坏誓言的人,请你要天使在火上写下:从现在起,直到我还清了父亲的血债为止,我发誓,无论是多么高尚的友谊,无论是多么亲密的伙伴,感情的联系和感激之情,对,从现在开始我就发誓放弃对美人的爱,甚至要放弃一切美。
　　　　　(教堂传出风琴音乐,四个紫衣侍从高举银色华盖,在华盖下,巴杜亚公爵夫人走下台阶。她和基多的眼光片刻相遇，夫人离开教堂时回首一看基多，基多手上的刀立刻落地。）

啊，这是谁呀？

一市民　巴杜亚公爵夫人！

（第一幕完）

第二幕

公爵府公务厅，壁毯上有爱神维纳斯的画像；中间大门开向红色大理石柱廊；柱廊外可以看到巴杜亚的景色；舞台中央右方有大华盖，摆了三个宝座，一座略低于其他两座；天花板由镀金长条装成；饮食柜上摆了金盘银盏。盘上画了神话故事。一些朝臣在柱廊上往下注视街道，街上群众高呼："公爵应该处死！"稍后，公爵上，若无其事地靠着基多的臂膀；同时进来的有红衣主教；群众还在高呼。

公　　爵　不，主教大人，我讨厌她了！她比丑陋还糟，是个好人。

马 飞 岳　（紧张地）主公，外面有两千老百姓，他们叫得越来越厉害了。

公　　爵　不要紧，他们在浪费精力。他们叫得响，但是不动手。我只怕不开口说话的人。（呼声又起。）瞧，主教大人，百姓多爱我。这是他们的小夜曲。我看，比起情歌的窃窃私语来，这不是更好听么？（呼声再起。）我只怕他们唱得有一点走调了，我不得不叫

　　　　　　我的人开枪。我不听坏音乐。去，马飞岳·皮特鲁斯，叫卫队长快去肃清广场。听见没有，老兄，快去照办。（皮特鲁斯下。）

主　　教　　请主公听听他们的抱怨。

公　　爵　　（坐上宝座。）请愿的人今年比去年少。对不起，主教大人，我以为，你在谈传道呢。（群众欢呼。）什么声音？

基　　多　　（冲到窗前。）公爵夫人到广场上来了，站在老百姓和卫队之间，不让他们开枪。

公　　爵　　见鬼去吧！

基　　多　　（还在窗口。）后面还有十几个老百姓。要到公爵府来了。

公　　爵　　（站在窗前。）老天呀！夫人太胆大了！

巴　　迪　　夫人来了。

公　　爵　　把门关上。今天早上天冷。

　　　　　　（他们关上柱廊的门。）

　　　　　　（公爵夫人上，后面跟着一群衣衫褴褛的老百姓。）

公爵夫人　　（跪下。）请大人开恩听我们讲讲。

公　　爵　　难道我是裁缝，夫人，你就带破衣烂衫的人来见我？

公爵夫人　　我认为他们的破衣烂衫比我更能说明他们穷苦。

公　　爵　　他们怎么穷苦？

公爵夫人　　哎呀，大人，他们的穷苦不是你和我，也不是这些贵族大人们用得着去想或想得到的；他们说他们的面包都是粗粮做的。

百姓一　都是粗粮，只有粗粮。

公　　爵　粗粮也很好，我就用来喂马。

公爵夫人　（控制自己。）他们说到水，公共水池中他们用的水，因为水池的水管破裂了，都已经变成了泥浆浊水。

公　　爵　水不卫生，他们该喝酒呀。

百姓二　哎呀，主公，城门口的关税涨得这样高，我们怎么能买得起酒呀。

公　　爵　如果你们穷，那是基督教的美德。（问主教。）是不是？我知道，主教，你收入很多，有土地、房屋、什一税，但你传道说：人应该贫穷。

公爵夫人　不，公爵大人，要慷慨大方，我们住在高大的房屋里，有门廊来遮风避雨防晒，有墙壁和门窗来防寒冬，但巴杜亚有许多老百姓住在破破烂烂的房子里，让狂风吹，暴雨打，白雪埋。风雪和他们同居；还有人睡在公共大桥的拱洞里，度过秋夜，让寒冷的雨雾冻僵他们的手脚，让热病——

公　　爵　他们在亚伯拉罕怀里，夫人，应该感谢我送他们归天，如果在人世受苦难的话。（对红衣主教）你不是说圣书上有话：人应该满足上帝给他安排的生活吗？我为什么要改变他们的情况，干扰全能上帝的意旨？他已经安排好了，有些人该忍冻挨饿而死，有些人却应该阔绰有余。这世界又不是我创造的。

百 姓 一　他真狠心。

百 姓 二　不，别说了，老兄。我看主教会说公道话的。

红衣主教　的确，基督教徒要受苦难，受苦受难，上帝也会给你好处。基督教徒也该仁慈，饿了有吃的，病了有人医。这个城里坏事似乎很多，不知大人有何改革良方？

百 姓 一　改革这个词是什么意思？

百 姓 二　天哪，意思是说：事情是怎么样，就让它怎么样。我可不喜欢这个词。

公　　爵　改革，主教大人，你说改革？德国有个叫作路德的人，他要改造神圣天主教堂，难道你不认为他是异教，你不赌咒发誓要反对他？

红衣主教　（站起。）他是要把羊群引出羊圈。我们只是要你喂好羊群。

公　　爵　我要先拔羊毛，再后喂羊，至于这些叛徒——（公爵夫人劝他别说。）

百 姓 一　这倒是句好话。他似乎要给我们什么。

百 姓 二　是这样吗？

公　　爵　这些破衣烂衫的穷鬼啊，满嘴都是造反。

百 姓 一　好个公爵，喂饱了肚子，我们就住口。

公　　爵　不管肚子饱不饱，你们都应该住口。诸位王公大臣，这个时代这样没有规矩，农夫见了大臣，居然敢不脱帽，你怎么能够不打他？一个陌生的小机械工人居然敢在大庭广众之下用胳膊挤王公贵族。至于这些贱骨头，我就是上帝派来惩罚他们罪恶的人。

公爵夫人　难道你有权力，没有罪过？

公　　爵　好人打罪人，这不算什么，罪人打罪人，上帝才高兴。

公爵夫人　啊，你不害怕吗？

公　　爵　我怕什么？我是人的敌人，难道不是上帝的朋友？（对百姓说。）好，我巴杜亚忠实的公民，我们公爵夫人这样求我，拒绝如此美丽的乞讨人是既不礼貌又没感情的，关于你们的痛苦，我答应——

百 姓 一　老天呀，他会答应减税吗？

百 姓 二　或者一个人给一块面包？

公　　爵　——下星期天，红衣主教大人在做弥撒之后，会对你们传道说教，谈服从的美德。（百姓议论纷纷。）

百 姓 一　的确，这会填饱我们的肚皮！

百 姓 二　传道说教只是汤汤水水，不能吃饱肚皮。

公爵夫人　穷苦人啊，我对公爵也是无能为力，但是如果你们走进外庭，那里虽然没有堆满黄金，却可分给你们一百金币。

施 赈 人　夫人只剩下一百金币了。

公爵夫人　全给他们吧。

百 姓 一　上帝保佑公爵夫人，我说。

百 姓 二　上帝保佑她。

公爵夫人　每星期一都要施舍面包，救济缺衣少食的人。（百姓鼓掌退出。)

百　姓　一　（走出。）我要再说："上帝保佑夫人！"

公　　　爵　（叫他回来。）来，好家伙！你叫什么名字？

百　姓　一　多明尼克，大人。

公　　　爵　名字好！为什么叫这名字？

百　姓　一　（抓头。）天啊，因为我是圣乔治日生的。

公　　　爵　很有道理！赏你一个金币！你说"上帝保佑公爵"，好吗？

百　姓　一　（勉强）上帝保佑公爵。

公　　　爵　不对，声音大点，伙计，声音响点。

百　姓　一　（稍微响点。）上帝保佑公爵！

公　　　爵　还要响些，伙计，要用心喊！这里再赏给你一个金币。

百　姓　一　（使劲。）上帝保佑公爵！

公　　　爵　（开心）诸位大臣，这家伙的感情触动了我的心。（粗暴地对百姓一。）去吧！（百姓一鞠躬下。）就是这个办法，诸位大臣，你们今天能够买到民心。不大众化，就会一事无成！（对公爵夫人）怎么样，夫人？你在群众中煽动了暴乱，你用施舍和日常的慈善行为得到百姓爱戴。那好，我不要他们爱你。

公爵夫人　（瞧着基多。）好，主公。不是这样。

公　　　爵　我不许你因为穷人饿了，就给他们面包。

公爵夫人　主公，穷人也有不可侵犯的权利，需要人同情怜悯。

公　　爵　你在和我辩论？这就是她，温和的公爵夫人，我给了她三个意大利最美丽的城市：比萨、热那亚、奥维涅。

公爵夫人　说好了，主公，但是没有给，你又食言了。

公　　爵　你误会我了，这是国事。

公爵夫人　怎么会是国事？你破坏了国家答应的事。

公　　爵　在比萨森林中还有野猪，我忘记告诉你高贵可信的父亲：那里还在打猎呢。

公爵夫人　忘记了光荣的人，什么都会忘记，主公。

公　　爵　热那亚人说：他们不怀疑热那亚海港的红鱼比意大利别的地方都大得多。（转身对一个朝臣）贪吃的胃口是你的真神，你可以满足公爵夫人了。

公爵夫人　奥维涅呢？

公　　爵　（打呵欠。）我现在不记得为什么没根据合同交出奥维涅来，也许是没办法。（走向公爵夫人。）你为什么一个人孤零零待在这里？这里离你灰色的法兰西还有好多里呢，你的父亲养了百来个破烂的朝臣有什么用？谁会站你一边？

公爵夫人　一个也没有。（基多吃惊，又恢复原状。）

公　　爵　将来也不会有一个，只要我还是巴杜亚的公爵。听，夫人，我对你的所作所为已经厌倦了，你是我的人，你就要照我的意思去做。我要你在家，你就要在家，这宫殿就成了你的牢房；如果我要你去外面走走，

23

  你就可以一天从早到晚都在外面呼吸新鲜空气。

公爵夫人 主公，你有什么权利——？

公 爵 夫人，我的第二位夫人也问过同样的问题，而她的墓碑就在巴多洛木的教堂里。

  基多，来扶住我。诸位大臣，我们去放鹰继续打猎吧。夫人，你一个人好好想想。（公爵扶着基多，同众朝臣下。）

公爵夫人 （看着他们。）你看他这个人怪也不怪？表面上看起来这样美好，却对公爵残酷的嘴巴里吐出的恶毒语言没反应，并且从不离开他的身边，仿佛很爱他似的。那倒好，这和我有什么关系？我是孤身一人，距离爱情很远。公爵说得不错：我很孤独，被他抛弃，并且名声不好，女人难道永远这样孤独？男人求婚时说我们幼稚，说我们不会好好过日子，就这样损我们，我有没有说求婚？我们成了他们的用品，他们所共有的奴隶，还不如舔他们手的猎狗，或者手腕上的猎鹰，我有没有说求婚？不如说买卖。我们女人的身体是商品。这是命运，每个女人嫁给一个男人，由于他的自私毁了女人一生。因为人人如此，痛苦不大。我没听过女人笑声，除非半夜卖笑那涂口红、带欢笑的假面，我笑不出来；还不如死呢！（基多从后台上，公爵夫人没有看到，投身扑地，扑倒在圣母玛丽像前。）啊，圣母玛丽，你苍

　　　　　　白的面孔俯视着环绕你周围的小天使，你能不能救我？圣母玛丽，能救救我吗？

基　　多　我再也不能忍耐了；这是我爱的人，我要对她说明。夫人，你的话和我有关吗？

公爵夫人　（起立。）我是为穷苦人而祈祷的。

基　　多　我正需要祈祷，夫人。

公爵夫人　怎么？难道公爵对你还不重视？难道你在朝中提升不快？我可没有权力提升你呀，我自己并没有什么力量。

基　　多　夫人，我并不欠公爵的情，我的灵魂厌恶他的邪恶，但是我来屈膝向你奉献我至死不变的一片忠心。

公爵夫人　唉！我的地位并不受重视，我只能说句可怜的谢谢。

基　　多　（抓住她的手。）你不能给我一点感情吗？

　　　　　（公爵夫人吃了一惊，基多就跪了下来。）

　　　　　啊，亲爱的圣人，如果我是胆大妄为，那就请你原谅！你的魅力使我热血沸腾，当我嘴唇碰到你的玉手，我的神经简直陷入狂欢，为了得到你的爱，我可以无所不为。（跳起。）你可以要我去冒险把狮子的爪牙拔掉，我可以和沙漠野兽搏斗。随便你把什么小玩意儿，一根丝带，一朵谢了的花，只要是你接触过的东西，我都可以为你争夺回来，哪怕对方是基督教英雄，我也不可战胜！不止如此，一爬上英国的悬崖峭壁，我要把这只海狮夺走的你们法国的百合花夺回！亲爱的贝蒂斯，不要让我走开！没有你，生活的铅脚就在爬行。有了你，时间却长了翅膀，生活成了黄金。

公爵夫人　我过去认为不会得到爱；你像你说的那样爱我吗？

基　　多　问问海鸟是不是爱大海，问问玫瑰是不是爱雨水，问问百灵鸟会不会唱歌唱到天明，他喜欢白天吗？——而这些都是空洞的形象、爱情的影子。爱情是大海灭不了的火。你要怎么说？

公爵夫人　我不知道该怎么对你说。

基　　多　你不能说你爱我吗？

公爵夫人　这是我的功课？要立刻回答？如果我爱你，这容易回答。如果不爱呢？那该怎么说？

基　　多　如果不爱我，也要说你爱，因为你害羞的舌头说的谎也会成真。

公爵夫人　如果什么也不说呢？据说，情人犹豫时是最快乐的。

基　　多　不，犹豫会杀人，我若要死，也要死得快活，不要犹豫。啊，告诉我：是去呢？还是留？

公爵夫人　我既不要你去，也不要留。你留就会偷走我的爱情，你走又会把我的爱情带走。基多，虽然晨星都会唱歌，也唱不出我是多么爱你来，我爱你啊，基多。

基　　多　（伸出手来。）说下去吧！我以为夜莺夜里才歌唱，如果你不唱，那我的嘴唇就要吻你创造美的歌喉。

公爵夫人　吻嘴唇并没有接触到心。

基　　多　你要闭嘴关门吗？

公爵夫人　唉！主子，我不会的；第一天看见你我就让你拿走了我的心；你这小偷不甘心，无意中打破了我宝库的竹篱门，偷走了我的珍珠！啊，贼仙，偷盗使你富而你却不知，使我穷而我却安贫乐道！

基　　多　（紧紧把她抱在怀里。）啊，爱情，爱情，不，抬起头来！情人，让我打开你紫红色的小门，里面还关着音乐，让我取出红唇上的珊瑚，我就会得到比亚美尼人保卫的金库更多的黄金。

公爵夫人　你是我的主子，我的一切都是你的，我缺少的，你会用你的想象来补充，就像一个浪费无价宝的浪子。（吻他。）

基　　多　我竟敢这样大胆看着你：温柔的紫罗兰躲在树叶下面，不敢看伟大的太阳发出太多的光辉，而我的胆大妄为的眼睛居然敢像一动不动的星星一样瞪着看你，仿佛你的魅力已使我失去了感觉一般。

公爵夫人　亲爱的情人，我真希望你能永远这样瞧着我，因为你的眼睛是明亮的镜子，我一照镜，就看见了自己。我的形象活在你的身上。

基　　多　（把她抱在怀里。）站稳吧，你这天上的流星，让这一刻变成永恒！（无言。）

公爵夫人　坐下，要坐得比我低一点；对了，就是这样，情人，这样我就可以用手抚摸你的头发，看着你的脸孔像朵鲜花来迎接我的吻。有时候你有没有注意到：如果我们打开一间锁了很久不用的空房子，房子里充满了扑面的灰尘和熏人的霉气，多少年没有人进去过了，如果打开灰蒙蒙的窗子，把破破烂烂的窗架拆掉，让光明的太阳进来，那么，美好的太阳就会把满屋灰蒙蒙的尘埃变成欢天喜地飞腾上下的黄金沙！基多，我的心就是那一间空房子，你一让爱情进来，我的生命就染上了金色。你知道爱情能充实生活？

基　　多　对！没有爱情，生命不过是石矿里一块没有雕刻的石头，等待雕刻家来把它刻成上帝的形象。没有爱，生命就像芦苇荡中或者小河边上生长着的不声不响的芦苇，但没有音乐。

公爵夫人　不过，爱情这个音乐家却会把生活变成一根芦管，使它发出芦荡歌声，难道不是这样吗？

基　　多　我的甜心，是女人把理想变成现实的。男人只会画图或者雕刻石像，维朗瓦的保罗，还有染色店的少老板，或者是他们的对头，在威尼斯的海滨把上帝的女儿刻在楼上，又高又白，像百合花，或是拉斐尔，他画的圣母因为是母亲而显得神圣；不过我认为女人是世上最好的艺术家，因为她们能用爱情美化这个时代，使金钱污染的男人美化。

公爵夫人　啊，亲爱的，我希望你和我都穷，相爱的穷人才最富。

基　　多　再说一遍你爱我，贝蒂斯。

公爵夫人　（用手指摸他的衣领。）你的衣领配你的颈多好。

（莫朗左伯爵在门廊口看他们。）

基　　多　不，告诉我你爱我。

公爵夫人　我记得在法国还是孩子的时候，在枫丹白露宫看见国王，他的衣领和你的全一样。

基　　多　你为什么不说你爱我呢？

公爵夫人　（微笑。）法兰西斯是法国的国王，但是不如你有国王气派。还需要说，基多，我爱你吗？（用手转他的头，使他仰面对她。）还不知道我永远是你的？身体和灵魂全都是你的。（吻他。忽然一眼看见莫朗左就跳起来。）啊，那是谁呀？（莫朗左下。）

基　　多　你说什么，亲爱的？

公爵夫人　我以为我看见一张脸孔，眼睛冒出火光，站在门口，瞪着眼睛望我们。

基　　多　不，没有。那是卫兵走过的影子吧。（公爵夫人依然站着，瞧着窗外。）没有什么，亲爱的。

公爵夫人　啊，现在还有什么能害我们的呢？我们是陷入爱情中的人，即使世界上造谣的走狗都来践踏我的一生，那又怎样？据说田边开的野花有人踩比无人踩时更香，有些亚拉伯世界的野草不香，一受到蹂躏就死亡；年轻的生命也一样，这个糊涂世界只要压榨他们，压出他们身上的蜜，却使他们往往变得更可爱了。再说，我们已经有了爱情，那是生活中最大的财富，是不是？

基　　多　亲爱的，我们唱歌还是游戏？我现在想唱了。

公爵夫人　不要说话，有时生存似乎简化成了一种欢乐，热情却在嘴唇上贴好封条了。

基　　多　啊，让我用嘴唇揭封条吧。你爱我吗，贝蒂斯？

公爵夫人　啊，你说怪也不怪，我居然爱上了我的敌人？

基　　多　那是哪一位呀？

公爵夫人　怎么，就是你呀。是你用箭射穿了我的心！可怜的心，在被你射中以前，一直是过着孤独的生活。

基　　多　亲爱的，我自己也被那一支暗箭射伤了，没人治疗就躺着等死，除非你这位亲爱的医生来救我。

公爵夫人　我怎么能救你呢？我自己也得了和你一样的病呀。

基　　多　啊，我多么爱你！看，我一定要把好杜鹃的声音偷来。把他的故事重新说一遍。

公爵夫人　不要讲别人的故事！因为如果那是小杜鹃的歌声，那夜莺的歌声就太粗了，而百灵鸟唱的不是音乐。

基　　多　吻我吧，贝蒂斯！

（她用手抱住他的脸，弯下腰去吻他。忽然响起了敲门声，基多跳了起来；一仆人上。）

仆　　人　先生，你有一个包裹。

基　　多　（满不在乎。）给我好了。

（仆人交上一个用粉红丝带绑着的包裹，下。）

（基多正要打开包裹，公爵夫人忽然从后面开玩笑似的把包裹抢去。）

公爵夫人　（笑。）我敢打赌，这是一个女人要你接受她的恩爱；我是这样妒忌，连一点也不想和人分享，反倒要像一个守财奴，一切都要归自己，占有你反倒要损坏你了。

基　多　这不算什么。

公爵夫人　是一个女人寄来的。

基　多　不是。

公爵夫人　（转过身去拆开包裹。）啊，坏蛋，告诉我这是什么意思：一把匕首，两只铁豹？

基　多　（从她手中拿走包裹。）啊，天呀！

公爵夫人　我要从窗口看看送信人的制服；他刚刚离开大门。我不知道你的秘密怎能放心？（笑着跑进门廊。）

基　多　啊，可怕！我怎么能这样快就忘记了我父亲的死仇，就让爱情进入了我心中？难道我必须把爱情赶走，却把在门外高声大叫的谋杀放进来？啊，一定要放！难道我没有发过誓言吗？但不是今夜，不，就是今夜。再见吧，光明幸福的生活，一切美好的回忆。再见了！再见了，爱情！难道我能用血腥的双手、屠夫的嘴唇去玷污她的清白？用谋杀的眼光刺入纯洁的玉体？那会使我的眼睛全瞎掉，使眼珠进入永恒的黑夜。不行，谋杀是我们之间的高墙，不能隔着墙亲吻。

公爵夫人　基多！

基　　多　贝蒂斯，你必须忘记我的名字，把我永远排斥在你生活之外。

公爵夫人　（走过去。）啊，亲爱的！

基　　多　（后退。）我们两人之间有大障碍，我们不能超越。

公爵夫人　我没什么不敢做的，只要你在身边。

基　　多　啊，问题就在这里，我不能在你身边，我不能够呼吸你呼吸的空气，也不能够面对美人，那会动摇我的心灵，使我绝望的手不能实现我的目的。让我走吧，请你永远忘记曾见过我。

公爵夫人　什么！你的热吻还在我的唇上，怎能忘记你的海誓山盟？

基　　多　我要收回我的誓言。

公爵夫人　哎呀，基多，你不能够收回，誓言已经成了大自然的一部分；空气中还颤抖着誓言的音乐，小鸟为誓言而唱得更甜蜜。

基　　多　但是现在我们之间有了障碍，那时我不知道，或者是忘记了。

公爵夫人　我们之间没有障碍，基多。我可以穿普通人的衣服，愿跟随你走遍海角天涯。

基　　多　（身不由己。）这个世界太小了，容不下，容不下我们两个人。再见，别了，永远别了！

公爵夫人　（非常镇静。控制住自己的感情。）那么你，你为什么要走进我的生活，走进我内心的孤单寂寞的花园，还播下爱情花的种子？

基　　多　啊，贝蒂斯！

公爵夫人　你现在要拔花，连根拔走，但是花都和我心心相连，拔走一朵，我的心就碎了。你为什么闯进我的生活？为什么要打开我心上的封闭了很久的爱情之井？——

基　　多　啊，老天呀！

公爵夫人　（紧握双手。）——让热情的洪流冲破闸门，等到滚滚波涛把森林和农田都淹没了，爱情雄伟的瀑布才会来横扫我的生活。难道要我把这洪流的一点一滴都收集起来，储存在我心里？唉！每一滴洪水都会变成一颗泪珠，它的咸味会使我的生活变得非常痛苦。

基　　多　请你不要再说下去，因为我不得不离开你的生活和爱情，走上一条你不能跟随的道路。

公爵夫人　我也听说过海上饥渴交加、孤零零的水手忽然梦见绿地清泉，醒来大口喝水，结果死得更凄惨，因为睡梦欺骗了他们。但我不会责怪你的，虽然我也被抛弃在孤独无依的苦海上。

基　　多　啊，老天呀！

公爵夫人　不过你该留下来。听我说,因为我爱你,基多。(停了一会儿。)怎么,难道回声死了吗?怎么我说我爱你,却没有回音?

基　　多　一切都死了,只有一件事还活着,但今夜也要死了。

公爵夫人　那我一定要训练嘴唇说"永别"吗?但我看两片嘴唇都不肯学,因为我要她们学的时候,她们却都只说:"我爱你。"我能责怪她们吗?如果我能,那不是要两片嘴唇都互相责怪?唉,她们两片并没有错,所以拒绝说这句话。

基　　多　那我只好代替说一声"永别",不能再见了!(向她冲过去。)

公爵夫人　如果你要走,那你就不要碰我,走你的吧。(基多下。)永远不能再见,他是这样说的吧?那好,那好,我知道怎么办了!我要把爱情的火炬换成丧葬用的火把,把爱情的花朵撒在我的棺木上,把情歌变成丧歌,就这样像天鹅一样,一面唱歌,一面死去。啊,可怜我如果你爱的是活着的我,你为什么没有其他模样?为什么戴着痛苦的假面,不是爱情的真面?是老鹰的吼声,不是夜莺的歌声?是田鼠的瞎眼,不是玛瑙一般碧绿的眼睛,像夏季看得见上帝的青天,就是这样,我认识了痛苦。障碍!障碍!他为什么要设障碍?我们两人之间没有障碍。他在对我说谎,难道我会因此讨厌我所爱的、憎恨我所崇拜的人？我想我们女人不会这样。因为假如我要把他的形象从我的心里除掉，我的心就会像一个流血的朝圣者，并且要用这个形象走遍世界，还要用爱情微弱的呼声唤他回来。

（公爵全副猎装，带猎鹰、猎犬上。）

公　　爵　夫人，你让我们等很久了，狗都等急了。

公爵夫人　我不想打猎。

公　　爵　怎么，什么事？

公爵夫人　我不能够去。

公　　爵　怎么，小白脸，你敢反对我？我可以叫你骑一匹劣马，让你在全城游街，要那些你喂养的下贱的穷百姓都抛起帽子来笑你、骂你。

公爵夫人　难道你对我没一句好话？

公　　爵　好话用来诱骗敌人上当！我把你掌握在我手心中，不用对你浪费什么好话。

公爵夫人　那好，我去。

公　　爵　（用马鞭抽鞋。）不，我改主意了。你留在这里做好妻子吧，就在窗口等待我们回来，看你的主子有没有发生意外，那是不是可怕的事？走吧，诸位，猎狗不耐烦了，我也不耐烦了，有了这么一个耐烦的妻子！基多呢？

马飞岳　主子，我有一个小时没有看见他了。

公　　爵　那不要紧。我想我们很快就会看到他的。那好，夫人，你就坐在家里纺织吧。诸位，我不喜欢搞家务，别人搞倒是很美的。

（公爵和从人下。）

公爵夫人　星星都反对我，就是这样。今夜我的主子睡着以后，我也要用匕首结束一生。我的心像石头，除了匕首，什么也不沾边。那就来吧。看它带走的是些什么人。唉，今夜死神和公爵离婚；不过今夜他也可能死去，他已经老了。为什么不死？昨夜他手发抖，人中风了。中风就会死。他为什么不？他不发烧吗？疟疾又受凉。还有别的病，都是老年症？不，不，他不会死，他罪太重，老实人不到时间就会死。好人死得早；比起好人来，公爵一生都传染麻风病：妇女孩子可以死，但公爵不能死，他的罪恶太深重，除非罪恶也可不朽，道德反而不能！坏人从别人的死亡中得到生命，就好像毒草靠腐朽才生存一样。不行，我想上帝也不答应。但公爵不能死，他罪太重。我要一个人死，就在今夜。残忍的死神是我的丈夫，坟墓就是我秘密的乐园，那有什么关系？世界就是一个坟场，我们每一个人是一副装了骷髅的棺材。

（莫朗左伯爵穿一身黑衣上，他走过舞台后部，焦急地四处寻找。）

莫朗左　基多在哪里？哪里也找不到。

公爵夫人　（看见了他。）哦，天哪！就是他抢走了我的情人。

莫　朗　左　（高兴的样子。）怎么，他离开你了？

公爵夫人　不，你知道他走了。还给我，啊，还给我，否则，我要把你粉身碎骨，钉在十字架上，等乌鸦来把你吃成骷髅。你在拆散我和情人之前，最好先碰到饥饿的母狮把你吃个一干二净。（感情冲动。）不，把他还给我，你明知道我多爱他，就在这椅子上他跪了半小时，就在这里他站着看我，这是他嘴唇狂风暴雨般吻过的双手和嘴唇，这耳朵是他诉说爱情的大门，他讲的故事如此富有音乐性，连小鸟听了都不再歌唱。啊，把他还给我吧！

莫　朗　左　他不爱你，夫人。

公爵夫人　这样说的舌头会烂掉。把他还给我！

莫　朗　左　夫人，我要告诉你：你再也见不到他了。今夜或随便哪一夜都一样。

公爵夫人　你叫什么名字？

莫　朗　左　我的名字？报仇。（下。）

公爵夫人　报仇！我想我不会害小孩，报仇怎么会进我的大门？没有关系，死神已经来了。等他用微光给我照路吧！老实人恨你，死神，不过我认为你比情人更有情，快把信差打发走，让拖拉的白天慢马加鞭，让他的姐妹黑夜来给世界穿上丧服，让蛤蟆和蝙蝠也来。蝙蝠是地狱之神的奴隶，让他们游荡的翅膀穿过阴暗的空气,撕裂麻醉的土地,为我奏哀乐,叫田鼠为我挖一个寒冷的小床,让我今夜躺在你怀里吧。

(第二幕完)

第三幕

公爵府宽大的走廊,从舞台中左边的窗户可以看到巴杜亚月下的景色;舞台中右边是楼梯,通向走廊门口。门口挂了粉红色的丝绒门帘,门帘上绣了公爵的金色盾牌。楼梯底层有一黑衣坐像;门厅用巨型煤灯照明。窗外雷电交加。(基多从窗口进。)

基　多　起风了:我的梯子在发抖!我怕每阵风都会把绳子吹断!(瞧瞧城市。)天呀!多黑的夜!天上的雷电从一个屋顶打到一个屋顶,横扫全城,吓得每个房顶发抖,几乎就要倒在街上。(穿过舞台,走到楼梯脚下。)啊,你是谁?坐在椅子上一动也不动,就像死神在等候死人的灵魂?(无声。)你怎么不回答?暴风雨使你的舌头麻木?我在那个房间有事要干,要一个人干。(对方起立,脱下假面。)

莫朗左　基多·费南蒂,你九泉之下的父亲今夜也要大笑了。
基　多　(心情混乱。)怎么,你也来了?
莫朗左　来等你呀。

基　　多　（左右一看。）我没想到你来，但很高兴。你居然猜到我要做的事。

莫朗左　我先要你知道我的计划。听，我在门口准备好了去帕尔玛的快马，等你事一成，我们就快马加鞭去帕尔玛。我已经通知令尊的老友，他们会用钱和诺言买通百姓造反。至于士兵，只要公爵一死，他们会随风转，所以你就可以回到公爵府第，继承父业了。

基　　多　这不可能。

莫朗左　但是理应如此。

基　　多　听我说，我不要杀这个人。

莫朗左　我耳朵听不清，请你再说一遍。年龄不饶人，我老了。你说什么？用腰间的匕首为父亲报仇，是不是这样？

基　　多　不，我说我决定不杀公爵。

莫朗左　你不是这样说的。是我的感觉搞错了，还是半夜的暴风雨改变了你的说法？

基　　多　不，你没错，我不杀这个人。

莫朗左　你的誓言呢，叛徒，誓言呢？

基　　多　我决定不执行我的誓言。

莫朗左　你被谋杀的父亲呢？

基　　多　你认为我父亲高兴看到我来，双手沾满那老头的热血吗？

莫朗左　对，他会放声大笑。

基　　多　我看不会。我看另一世界知识更加丰富；报仇雪恨是上帝的事，你就让上帝自己去报复吧。

莫朗左　你是上帝报仇的左右手。

基　　多　不对！上帝有他自己的手。不用我来杀他。

莫朗左　如果不杀他，你来干什么？

基　　多　莫朗左伯爵，我来的目的是要走进这公爵的卧室，把匕首和信放在他胸上；等他醒来时，他就会发现谁掌握了他的命运，但是我不杀他：这是我能用的最高尚的方法。

莫朗左　你不杀他？

基　　多　不杀。

莫朗左　高贵的父亲，低级的儿子，居然让杀害父亲的仇人多活一小时！

基　　多　是你害了我；我第一次看见他的那天，本来要在广场上杀了他，是你不同意。

莫朗左　那不是时候。现在时间已到，你却像个年轻女孩谈起原谅来了。

基　　多　不对，报仇，儿子为父报仇。

莫朗左　啊，倒霉的父亲，你又一次被自己的亲儿子出卖了。你是个懦夫。拿出你的刀到公爵房里去，用刀剖出他的心来，等到他真死了，你再来谈高尚的报仇吧。

基　　多　为了你的荣誉，为了你对我父亲的热爱，你真认为一个伟人，一个慷慨激昂的英雄，最有骑士风度的贵族，会在半夜偷偷摸摸去刺杀一个谋害过他的现在卧倒床上的老人吗？你说说看。

莫朗左　（犹豫之后。）你发过誓的，发誓要算数。孩子，你以为我不知道你的秘密，你和公爵夫人的交往？

基　多　不要说了，不要乱说！天上的月亮算不算纯洁？闪光的星星算不算洁白？

莫朗左　但是你爱她。脆弱的傻瓜，让爱情进入了你的生活，你就成了她的玩物了。

基　多　你说得好听。在你血管里，老人的脉搏已经失掉了热情，你的眼睛满是泪水，已经对美色闭上了眼帘。你的耳朵里塞满了木屑，听不到感情的呼声，也听不懂世上的音乐。什么是谈情说爱？你是一窍不通。

莫朗左　啊，在我那个时代，孩子，我也在月下散步，赌咒发誓，要靠接吻的幸福来维持生活，发誓要为爱情而死，但是像所有的情人一样，我也玩过这一套！我知道分离苦，合欢乐，我们最多也不过和普通动物一样，爱情不过是美其名而已。

基　多　现在我知道你从没爱过。爱能使生活神圣化，能使没有道德的地方有道德，清除世上沾染人的污点，烧掉混在金子中的杂质，吹掉混在稻谷里的糟糠，使鲜花清白得如同玫瑰。神和人同行的时代已过，爱是神的影子，取代了神。男人爱上女人，她就懂了，天神的秘密，世界的秘密。世界上的家庭，只要住在里面的人心地善良，那就没有爱情不能进去的家；但假如谋财害命敲响了王宫的大门并且进去了，那爱情就会受伤爬出来，而且死去。这就是上帝给罪人的处罚。坏人没有爱。（公爵房内发出呻吟。）啊，这是什么声音？你听见了吗？这没什么。只不过是爱情给女人的任务，要去挽救男人的灵魂，要男人爱她，爱我的情人，我的贝蒂斯，我开始看到一种更高贵、更神圣的报复，那就是让对方活着，而不死在黑夜的血泊中，让年轻的双手卡住他的喉咙。我想这是耶稣基督真正体现的爱，要求人人宽恕他的敌人。

莫朗左　（讥讽地）那是在巴勒斯坦，不是在巴杜亚；那是对圣人说的，而我要对付的却是凡人。

基　　多　那是对什么人都适用的。

莫朗左　那你白种的公爵夫人呢？她会谢谢你吗？她还会来亲你的脸，来抚摸你，因为你让她丈夫来害她一生吗？

基　　多　唉，我不会再和她见面了。我和她才分别十二小时，突然，用这样强烈的感情，她关闭了对我开放的心，不，我不要再见她了。

莫朗左　那你要怎么办？

基　　多　我要留下匕首，今夜立刻离开巴杜亚。

莫朗左　然后呢？

基　　多　我要去服侍威尼斯公爵。请他立刻派我到前线去把异教徒都从圣地赶走,那时我对生命已经厌倦,要去和枪锋刀尖拼高低。(又听见公爵卧室的呻吟。)你听见声音没有?

莫朗左　我模模糊糊总能从坟墓中听到呼喊报仇的声音。我们在浪费时间了,马上就要天亮;你已经决定了不杀公爵吗?

基　　多　已经决定了。

莫朗左　基多·费南蒂,那个房间里躺着出卖了你父亲性命并且把他交给刽子手的坏蛋。他就躺在那里,而你手里拿着父亲的剑。难道你不杀他?

基　　多　对,我不能杀他。

莫朗左　啊,倒霉的父亲不能报仇了。

基　　多　倒霉的是,儿子成了凶手。

莫朗左　怎么,什么是生活?

基　　多　爵爷,我也不知道。我没给人生命,所以我也不能收回生命。

莫朗左　我并不经常感谢上帝;但现在我要谢天谢地,幸亏没有儿子!而你,当仇人在你掌握中,你却把他放走,你身上流的是谁的血呀!我真后悔不该多管闲事,让你糊涂好了。

基　　多　那倒不错!不过最好这个乱七八糟的世界根本就没有生我!

莫朗左　再见了！

基　　多　再见！莫朗左爵爷。总有一天，你会明白我是怎样报仇的。

莫朗左　不会吧，孩子。（走到窗外，从绳梯下。）

基　　多　父亲，我想你懂我的决定，并且同意这高尚的做法。父亲，我想让这个人活着，就是做你本来想做的事。父亲，我不知道人的声音能不能穿过死神的铁门，死人对我们为他的所作所为，是否完全一无所知？但是我感到空气中隐约有个影子在我身旁吻我嘴唇，使我的话更加神圣。（跪下。）啊，父亲，这影子是不是你？你能不能违反死亡规律显出一个很像你的人来，我才可以吻你的手！不对，（站起。）什么也没有。黑夜的阴影欺骗了我，像演木偶戏的想要弄假成真。天色已晚。我要做我自己的事情了。（从外衣口袋里取出写给公爵的信来。）等他醒来看到信和匕首的时候，他会不会诅咒他自己的一生，甚至会后悔，并且改过自新呢？或只是因为一个无知青年饶了他敌人的命而付之一笑？我都不管。父亲，我要按照你的意旨行事。只有你的意旨，还有我爱情的指示，才能使我知道你要什么。

（偷偷走上楼梯，正要伸手拉开门帘，忽然一身白衣的公爵夫人出现，基多吃了一惊退后。）

公爵夫人　基多，你这么晚来干什么？

基　　多　啊，我生命中清白无辜的天使，你从天而降带来的信息一定是慈悲，不是报复。

公爵夫人　啊！我真心诚意求你慈悲。

基　　多　啊，父亲，现在我知道我是在按照你的意旨行事的。爱情和慈悲之神一路上都手挽着手来迎接我了。

公爵夫人　我感到你要回到我身边。虽然你狠心地离开了我。你为什么要离开我呢？不，这不重要。因为我现在把你抱在怀里，感到我们的心在按爱情的节拍跳舞；我们的心像两只笼中鸟，要超越笼中栅栏来接吻；但是时间过得很快，只有一个小时就要天亮。我们赶快骑马到威尼斯去吧。他们想象不到我会去的。

基　　多　我爱，我要随你走遍世界。

公爵夫人　你能百分之百地爱我吗？

基　　多　百灵鸟能不爱要她歌唱的黎明吗？

公爵夫人　你不会改变吗？

基　　多　只要海船的指南针不得不受磁石的吸引，我就离不开你的爱情。那么，现在我们之间就没有障碍了。

公爵夫人　现在没有，将来也不会有。

基　　多　那你就在这里等我吧。

公爵夫人　不，你不会就要走吧？你不会像过去那样离开我了吧？

基　　多　我会很快就回来的。我要先到公爵卧室里去，把这一封信和这把匕首留下，等他醒来——

公爵夫人　等谁醒来？

基　　多　　公爵。

公爵夫人　他不会醒来了。

基　　多　　怎么，难道他死了？

公爵夫人　对，他死了。

基　　多　　啊，天呀！你的秘密行事方式多么奇妙！谁想得到就在今夜，我正要把为你报仇雪恨的事移交给你，你却只消举手之劳就结束了这事，把他送到你审判台前了。

公爵夫人　我刚杀了他。

基　　多　　（惊慌。）啊！

公爵夫人　他睡着了；过来一点，亲爱的，我要把一切都告诉你。吻我的嘴，然后我再对你说，你怎么不吻我啦？——也好，我告诉你我怎样杀死公爵之后，你就会吻我的。你说了一些辛酸话离开了我，我觉得生活中没有你的爱就是跛了脚，我下决心今夜要自杀了。一小时前我醒了过来，把藏在枕头下面的匕首拿出，摸了一摸刀锋，就想到了你，我多爱你啊！基多，我正要扑到匕首上，忽然看到年高又罪重的老头子睡着了还在咒骂，我瞧着他一脸都是罪恶，忽然像火焰烧红我的心，这就是基多你说的障碍，你说我们之间有个障碍，除他之外还有什么障碍？我不知道发生了什么事，只看见我们之间喷出了一帘血雾。

47

基　　多　啊，可怕！啊，可怕！

公爵夫人　你要看见血雾也会这样说的。那空气中血如雨下，于是他呻吟了，然后他又不再呻吟。我却只听见血滴在地板上。

基　　多　不要再讲了。

公爵夫人　你现在还不吻我吗？你不记得你说过女人的爱情会使男人也变成天使吗？那好，男人的爱情也会使女人变成牺牲品。为了爱，我们什么都肯做，肯受苦受难。

基　　多　啊，天哪！

公爵夫人　你怎不说话？

基　　多　你要我说什么？

公爵夫人　这就是我杀公爵用的刀。我没想到会流这么多血。不过，我可以用水把手洗干净。难道不能洗干净吗？唉，但是我的灵魂？不说了！让我们离开这里吧。我们之间的障碍是不是消除了？你还要什么？走吧，天要亮了。（把手放在基多手里。）

基　　多　（离开她。）啊，该死的圣人！啊，地狱里来的天使！哪一个血腥的魔鬼引诱你做这种事的！你杀了你丈夫，这不要紧——地狱会为他的灵魂开门——但你杀死了爱情，并且用血腥染污了她，而血腥味就会传染瘟疫，扼杀爱情。

公爵夫人　（惊奇。）我这一切都是为了你呀。我不愿意要你做

　　　　　这种事，即使你愿意，我也不愿意这种事玷污你的手，因为你的手该是无瑕的。男人不知道女人为了爱会做出什么事来。难道我不是为了你才做出现在所做的事吗？啊，原谅我吧，我做一切都是为了你啊。

基　　多　不，不要碰我，我们之间有一条看不见的淡淡血河。当你刺死他的时候，你用尖刀刺死了我内心中的爱情！我们不能再相见了。

公爵夫人　（扭手腕。）为了你，为了你，我做一切都是为了你：你忘记了吗？你说我们之间有个障碍，障碍就在上面的房间里，现在障碍消除了，推翻了，永远不会再分开我们了。

基　　多　不，你搞错了。罪恶是障碍，你却把它又树立起来了；谋杀是犯罪，你却谋杀了。你的双手把谋杀的墙壁筑得这样高，把天遮住了，遮得连天神都看不见了。

公爵夫人　我做这一切都是为了你。你现在不敢离开我了；不，基多，听我说，准备两匹马，我们今夜就走。过去是场噩梦，我们一定要忘记它。我们面前只有未来；难道我们不要在葡萄园里过欢笑的甜蜜生活吗？不，不，我们不会笑；我们只会哭，那好，我们哭也要一同哭。我会像一个贫家的主妇，像一个贫家的女仆，像个温柔体贴、你从未见过的知心。

基　　多　不，我现在知道你了。走吧，我不要再见到你！

公爵夫人 （走来走去。）天呀，我多么爱这个人啊！

基　　多 你从来没有爱过我。假如你爱过我，爱神就决不会允许你用血腥的双手去玷污她神圣的宝座，只有清白无辜的人才能走进她的殿堂。

公爵夫人 这些都是空话，空话，空话。

基　　多 走吧，我请求你走吧。我们怎能同享爱神的盛宴呢？你把毒药撒进圣酒中了。谋杀也在汤中染指，我可万死也不愿喝这毒酒啊。

公爵夫人 这是我干的，我万死不辞。

基　　多 你害怕的不是死，而是生。

公爵夫人 （跪下。）杀死我吧，我今夜溅血了。你也可以溅血，我们就可携手同行，同上天堂，或者同下地狱，拔出剑来，基多，快拿我的生命和死亡做交易，他正贪得这种商品。快让你的灵魂走进我的心房，它会发现房主来了。如果你不用剑杀我，那就让我倒在你血腥的刀上，我死也心甘。

基　　多 （抢过刀来。）把刀给我，啊！天呀，你的血手也冰凉了！这里真是地狱，不能待了。

公爵夫人 你要走也不扶我起来吗？难道要我像乞丐来求你？

基　　多 我求你不让我和你见面。

公爵夫人 那还不如从来没见过面。我是为你才杀这个人的。（基多后退，她跪着拉住他的手。）不，基多，听我说：在你来到巴杜亚以前，我生活很苦，但是从没有杀人的想法。对残暴的公爵只是服从。对不公平的命令不反抗，像温顺的女孩一样纯洁，谁也不怕我会动手害他——但你来了，啊，基多，是我从法国来第一次从你嘴里听到好话；那好，这不要紧，你来了，从你热情的眼睛里我看到了爱情的意义，随便你说什么，对我又聋又哑的灵魂说来都是音乐，你看起来就像我们常去祈祷的圣克罗齐教堂墙上画的圣密歇尔一样漂亮。我不知道会不会再去祈祷。对，你很漂亮，早晨的太阳，似乎一直照着你的脸孔。所以我爱你，但是又不敢告诉你，是你把我找出来，跪在我面前，就像我现在跪在你面前一样，说一些甜言蜜语，（跪下。）我的耳朵听起来好像音乐。你发誓说你爱我，我也就相信你，我以为世界上有许多女人被这个坏公爵像麻风病人一样锁在身边——许多女人，都会要你去杀这个公爵，但是我没有。不过我知道如果我做了，我就不会像现在这样跪在你面前了。（站起。）但你非常忠实地爱过我。（静了一下，又胆怯地走过去。）我并不认为你了解我，基多，我是为了你才做这件事的，这事的恐怖性吓得我呀血冷如冰，这都是为了你。（伸出手去。）你还不和我说话吗？给我一点爱情。我在少女时期渴望爱情，但是情感离我扬长而去。

基　多　我不敢看你了。你对我太偏爱，成了我的贴身侍女了。

公爵夫人　啊，正是这样，这才是男人说的话！假如你灵魂带着罪恶来求我，那是用金钱，不是用感情来收买我做杀手。那不行。我在你床边坐了一夜，怕你后悔，会把谋杀的毒药灌入你耳朵。所以我不睡，爱情就使可怜的我犯罪了。当然这是罪，也最需要爱。

基　多　有罪的地方，就不会有爱。

公爵夫人　有罪的地方没有爱吗？啊，天呀。女人的爱和男人的多么不同：巴杜亚有多少女人，比如说工人的妻子、暴躁铁匠的老婆，丈夫在周末餐桌上或者酒店里把钱花光，醉醺醺回家来，看见妻子在没火的炉边骗饥饿的孩子不要哭闹，却因为孩子饿而打老婆。但老婆还爱他，第二天还起早，瘦脸上还带着伤痕，照常打扫房屋，干家务活，还面带笑容，只要第二天丈夫不当儿子的面打她，她就高兴了——这就是女人的爱情。（两人无言。）你怎么不说话呀？对我好一点吧，我知道我现在还过着夏天的日子。我想你不会把我赶到冬天去吧。如要我去，去哪里呢？——我为你已经害了一条命，为了你，我已损害了灵魂几乎不可原谅了。

基　多　你去吧，死人是鬼，我们的爱也是，像孤魂进了寂寞的坟墓，在肉体内流浪哭泣，你杀了丈夫，也杀了爱情。不知道吗？

公爵夫人　我看如果男人爱上女人，他只付出他一点点生命；女人爱上男人，她却付出全部。这是我现在看到的，基多。

基　　多　走吧，走吧，不能唤醒死者，你就不要回来。

公爵夫人　但愿老天使我能起死回生，使玻璃眼睛能看，烂舌头能说话，死人的心能跳——而这些都不可能：做了的事不能不做，人死不能复生，不知夏热冬寒，不说不笑。用刀刺他，他也不会流血。但愿我能把他唤醒！天呀！让太阳晚一点再出来吧，把今夜从时间表上取消，让它再也不要出现！太阳退回去吧，让我回到一个钟头以前的我！不行，不行，时间不会为任何人倒退，太阳也不能不继续前进。不管悔恨的呼声多粗暴；但是爱情啊，你就没一句怜悯我的话？啊，基多，基多，你不再吻我吗？不要逼我做出绝望的决定，那会把女人逼疯的。你就不能够再吻我一次吗？

基　　多　（举起刀来。）要我吻你，除非刀砍不出血来，即使砍不出血也不行。

公爵夫人　老天啊，在这不合时宜的世界上，我们女人能得多少同情？男人把我们带到可怕的悬崖绝壁上，却丢下我们独自走了。

基　　多　（粗野地）回死人身边去！

公爵夫人　（走上楼梯。）怎么，我会去的，但愿今夜你去的地方得到的同情会比你给我的同情更多。

基　　多　等我夜里去进行谋杀时，再要求同情吧。

公爵夫人　（走下几步楼梯。）你也谋杀？谋杀饥饿了，还要多谋杀，死亡是它兄弟，从不满足，而是走遍全家，不肯离开。除非它找到同伴。等一等，死亡，我要给你一个忠实伴侣和你同行！谋杀，不要再喊叫了，你就可以吃饱。这座房子不等天亮就要受到可怕的暴风雨袭击，明月仿佛吓得脸色惨白，风也围着低矮的房屋吹，高空的星斗疯狂地跳跃，如果是在白天看起来，就仿佛流出了液体的火花。是黑夜。啊，哭吧，可怜的天空！哭个够！让悲哀像瀑布流遍大地，让大地变成眼泪的苦海，那还不够。（一阵雷声。）你没有听见吗？今夜天上来了炮兵大队，唤醒了仇恨，放出了疯狗，到世界上来狂呼乱叫，啊，至于你我之间的这件事，让把雷霆引到头上来的人小心跟踪而来的三叉电吧！

（雷鸣之后闪电。）

基　　多　走开！走开！

（公爵夫人揭起粉红门帘，回头看基多一眼。基多面无表情。夫人在雷声中下。）

现在生命在我脚下化为灰尘，高尚的爱情自杀了；谋杀踏着血迹爬了进来，还有留下血迹的人呢——啊！她是爱我的，为了我，她才做出这可怕的事来。

我对她太残忍了。贝蒂斯！贝蒂斯！我说，你回来吧！（开始走上楼梯，听见外面士兵呼声。）什么声音？还有火把，混乱的脚步声。求老天不要让士兵抓她。（响声更大。）贝蒂斯！你还有时间逃走。快下去，快点走！（外面有公爵夫人声。）他走这条路，他杀了我丈夫。

（楼下匆匆跑进一队混乱的士兵；他们没有看见基多，公爵夫人在拿着火把的仆人簇拥下出现在楼梯口，指着基多。士兵立刻抓住他，一个士兵夺过基多手中的刀，当众献给卫兵队长。幕落。）

（第三幕完）

第四幕

　　法院大厅：墙上挂着灰色绒毯，墙为红色，绘着扛起屋顶的象征性人物，屋顶是红色横梁和灰色背景。公爵夫人座上有金花白华盖，下面是法官坐的一条铺了红布的长凳，再下是书记坐的小桌。两个士兵站在华盖左右，两个士兵守门；有些市民聚在法院内，有些互相招呼；两个紫衣巡警手执铁头杖维持秩序。

市　民　一　　早上好，邻舍安东尼。

市　民　二　　早上好，邻舍多明尼克。

市　民　一　　这是巴杜亚一个怪日子，是不是？——公爵死了。

市　民　二　　我告诉你，邻舍多明尼克，自从上一个公爵死后，我还没见过这样的怪日子；如果你不相信我的话，我就不是一个老实人。

市　民　一　　他们先要审判，然后给他判刑，是不是这样，邻舍安东尼？

市　民　二　　不对，那样他就可以逃脱处分了；不过，他们要先给他定罪，那是他罪有应得。然后再审判他，这样就不会不公平了。

市民一　很好,很好,我不怀疑,那样他就难过关了。

市民二　当然,要一个公爵流血是一件可怕的事。

市民三　据说,公爵的血是蓝的。

市民二　我想我们公爵的血和他的心一样,都是黑的。

市民一　小心点,邻舍安东尼,警官在看着你呢。

市民二　我不在乎他是不是看着我;他又不能用他的眼毛来鞭打我呀。

市民三　你看这个把刀插进公爵身上的小伙子怎么样?

市民二　那有什么不好?他的行为很规矩呀,思想意图也很明白,是个讨人喜欢的小伙子,不过,他坏就坏在杀了公爵。

市民三　这是他第一次杀人呀;也许法律对他不会太苛刻,因为他以前并没有犯过这种罪。

市民二　的确是这样。

巡　警　肃静,坏蛋。

市民二　难道我是你的镜子吗,巡警先生,你怎么叫我作坏蛋呢?

市民一　来了一个家人啰,你好,露西太太。你是法院的人啦,你可怜的女主人怎么样了,她的脸还是那么可爱吗?

露西太太　啊,好日子!啊,倒霉的日子!啊,这是什么日子!啊,真倒霉!为什么是十九年前六月,在米开节那一天我和丈夫成了亲？现在是八月，公爵却被谋杀了，为什么这样巧！
市　民　二　如果这只是巧合，那他们就可能不会杀那个小伙子了，因为法律并没有规定要杀巧合的人啊。
市　民　三　那公爵夫人怎么办？
露 西 太 太　怎么办，怎么办？我看这个家庭恐怕出事了：六个礼拜以前，饼干就烤焦了一半；到了圣马丁节，又像平常一样，一只长了翅膀的大飞蛾飞到蜡烛火里去了，这几乎吓坏了我。
市　民　一　谈到公爵夫人，那风言风语可多着呢。你听到了什么？
露 西 太 太　天呀，你问到她正是时候，可怜的夫人；她几乎神经错乱了。怎么不？她没有睡，整夜都在房间里走来走去。我请她喝点牛奶甜酒或者什么加水甜酒，为了她的健康也该上床睡睡。但是，她回答我说，她怕会做梦。这个回答很怪，是不是？
市　民　一　这些大人物感觉都不灵，所以老天爷要弥补他们的缺陷，就给他们好衣服穿了。
露 西 太 太　说得对，说得对，老天只要还让我们活，我说，就不会让我们害人。

（莫朗左伯爵匆忙上。）

莫　朗　左　公爵死了吗？
市　民　二　他胸口有一把刀，据说，这对任何人都不是好事。

莫朗左　听说谁杀了他吗？

市民二　怎么？还不就是犯人嘛，爵爷。

莫朗左　哪一个犯人呀？

市民二　怎么？还不就是那个被控告的谋杀犯。

莫朗左　我是问他的名字。

市民二　他的名字是他父亲取的，还能有什么别的名字？

巡　　警　他的名字是基多·费南蒂，爵爷。

莫朗左　你还没说，我就猜到是他了。

　　　　（旁白）真怪，他怎么会杀了公爵！他离开我的时候，心情还不是那样的。大约是一见出卖了他父亲性命的人，他就怒从心头起，把幼稚的仁爱理论推到一边去，用复仇的观念取而代之了，不过，我奇怪他怎么逃脱的。（转向群众。）告诉我怎么抓到他的。

市民三　天呀，爵爷，人家抓住了他的脚后跟。

莫朗左　谁抓住他的？

市民三　还不就是那些抓住他的人。

莫朗左　警报是怎样发出的？

市民三　那我可说不出，爵爷。

露西太太　是公爵夫人指出他来的。

莫朗左　（旁白）公爵夫人，这就怪了。

露西太太　啊！匕首还在他手里——匕首还在他手里——是公爵夫人的匕首。

莫朗左　你说什么？

露西太太　怎么，天呀，公爵是用夫人的匕首刺死的。

莫朗左　（旁白）这就怪了：我也不明白。

市民二　他们很久才出来。

市民一　我相信他们很快就会把犯人带出来。

巡　警　法院要肃静！

市民一　你要我们肃静，你自己就不肃静，巡警先生。（法务大臣同其他法官上。）

市民二　穿紫袍的是谁？是不是大法官？

市民一　不，那是大臣。（卫兵押基多上。）

市民二　那个肯定是犯人了。

市民三　他看起来还老实。

市民一　这就糟了：今天的坏人看起来这样老实，好人看起来倒反而不老实了，否则，好人和坏人有什么分别呢？（刽子手上，站在基多后面。）

市民二　后面那个是刽子手吧！天哪！你看他手上的斧头快不快？

市民一　比你回答问题还快。你注意到没有：斧头口不是对着犯人的。

市民二　的确，我也希望斧头不要靠得太近。

市民一　不要说了，你用不着害怕。斧头不是用来砍普通人的；他们只会吊死我们。（外面有喇叭声。）

市民三　为什么吹喇叭？是不是审判结束了？

市 民 一　不,是公爵夫人来了。

（公爵夫人穿黑色天鹅绒服上,随后跟了两个抬着绣花黑天鹅绒的仆人;红衣主教穿紫衣和公爵夫人同上,朝臣穿黑衣随后;公爵夫人就座,高居法官之上。夫人就位时,法官脱帽起立,红衣主教座位稍低;朝臣站立宝座周围。）

市 民 二　啊,可怜的夫人,她的脸色多么惨白啊!她会登位吗?

市 民 一　啊!她现在已经坐上公爵的大位了。

市 民 二　这对巴杜亚是一件好事。公爵夫人是个很好的人,她还给我的孩子治过病呢。

市 民 三　啊,还给过我们面包呢。不要忘了面包。

一 士 兵　退后一点,好先生。

市 民 二　既然是好先生,为什么要退后?

巡　　警　法庭要肃静!

法务大臣　请问是否开庭审问公爵之死?（公爵夫人点头。）把犯人带上来。你叫什么名字?

基　　多　这没什么关系,大人。

法务大臣　基多·费南蒂是你在巴杜亚的名字。

基　　多　一个要死的人随便用什么名字都行。

法务大臣　你还不是一个文盲。你被指控犯了什么大罪?那就是说:谋杀你的主公巴杜亚的西蒙·格索公爵。你有什么回答?

基　　多　没有什么。

法务大臣　那就是说，你承认了罪行。

基　　多　我什么都没承认，也没否认。法务大臣，我请你简单些，按照法律规定审问，否则，我不回答。

法务大臣　那你是不是说，你是清白的，并没有犯罪？或者你顽固的铁石心肠关了门，不听法律的声音？不要以为你不说话就会有用，那会加重你的罪行。你的罪行我们非常清楚，我要再问一遍。

基　　多　我不回答。

法务大臣　那么你只等待我们宣布加在你头上的死刑决定？

基　　多　我只请你尽快发出信息，你做不出对我更好的事。

法务大臣　（起立。）基多·费南蒂——

莫朗左　等一等，法官。

法务大臣　你是什么人来干预法律？

莫朗左　法律如果公平，自然可行。如果不公平呢？

法务大臣　这人是谁？

巴　　迪　一位先公爵知道的名人。

法务大臣　那你来得正好。可以看到为公爵报仇了。那里站着的就是杀死了公爵的凶手。

莫朗左　盲目的猜疑怎能算罪名？你有什么证据说他犯了罪？

法务大臣　法庭三次向他发出讯问，可能是重罪压住了舌头，他没有辩护，也没有设法洗清他这最可怕的罪名。如果他清白，一定会说明的。

莫朗左　大人，我要再问有何证据？

法务大臣　（拿出匕首。）昨夜抓住他时手里拿着血淋淋的匕首不是证据么？

莫朗左　（拿起匕首，走近公爵夫人。）昨天不是看见这把匕首挂在夫人的腰间么，是吗？（公爵夫人吃了一惊，没有回答。）啊，法官大人，我可不可以和这个危险的青年说句话？

法务大臣　啊，当然可以，大人，你可否要他对罪行做全面交代？（莫朗左伯爵走向站在舞台右边的基多，紧紧抓住他的手。）

莫朗左　（低声。）是她干的！不行，我从她的眼里可以看得出来。孩子，难道你以为我会让你父亲的儿子给她送上断头台吗？她的丈夫出卖了你的父亲，现在轮到妻子出卖儿子了。

基　多　莫朗左爵爷，这是我一个人干的事。这样说就够了吧？我父亲的冤仇已经报了。

莫朗左　够了，够了，我知道他不是你杀的。如果是你，那应该是用你父亲的匕首，而不是用这个女人的玩意儿来了结。瞧她怎样瞪着眼睛看我！老天在上，我要撕掉她的大理石假面具，在大庭广众揭露她谋杀人的真面目。

基　多　你不能那样做。

莫朗左　为什么不？

基　　多　大人，你不能这样说。

莫朗左　为什么不能说？如果她清白，那就拿出证据来。如果她有罪，那就要她死。

基　　多　那我怎么办？

莫朗左　不是你，就是我，要在法庭当众说明事实真相。

基　　多　事实是我干的。

莫朗左　你这样说吗？那好，我要看这位好好的公爵夫人怎么说。

基　　多　不，不，我来说明事实真相。

莫朗左　那好，基多，她的罪要落在她自己头上，不能在你头上。难道她没有把你交给卫兵？

基　　多　她交了。

莫朗左　那么你若要为父报仇，就落在她身上了。她是犹大的妻子。

基　　多　啊，她是罪人的妻子。

莫朗左　我看你用不着别人催你，虽然你昨夜软弱得像孩子。

基　　多　昨夜我真软弱得像孩子？肯定我今天不会再软弱了。

法务大臣　他认罪了吗？

基　　多　大人，我承认这是一件不自然的谋杀。

市民一　怎么，瞧，他有同情心，并不喜欢谋杀；就凭这点也该放他。

法务大臣　没有别的了？

基　　多　大人，我还要说。杀人流血，那犯的是死罪。

市民二　天呀，他应该对刽子手这样说；那才是正常的。

基　多　最后，大人，我要请求法庭让我公开宣布这可怕的秘密，并且指出真正的罪人昨夜用这把匕首杀了公爵。

法务大臣　你可以自由说。

公爵夫人　（起立。）我说，他不应该再说了；还需要什么证据呢？他昨夜穿着犯了血罪的衣服在这里被捕了。

法务大臣　（拿出法规。）夫人，这是法律。

公爵夫人　（犹豫，把法规放一旁。）法官大人，你认为这个人不会在这大庭广众之下说出话来污蔑我的丈夫，污蔑这座城市或城市的荣誉，甚至污蔑我吗？

法务大臣　夫人，请看法律。

公爵夫人　他不能说话，口里还含着塞嘴的东西，他应该爬上梯子，爬上血淋淋的刑台。

法务大臣　夫人，请看法律。

公爵夫人　我们不受法律拘束，只用法律拘束别人。

莫朗左　法官大人，法庭可不能不公平。

法务大臣　法院用不着听你的声音，莫朗左伯爵。夫人，要歪曲法律该走的道路是不对的，因为即使你有理，无政府主义者也会破坏金规玉律，使不公平的事取得不公平的胜利。

巴　迪　我认为大人不能不执行法律。

公爵夫人　啊，谈论执行法律是好的。我巴杜亚高贵的大臣们，我认为如果你们的金钱财产受到了损失，减少了你们巨大的渡口税收的话，你们就不会像现在这样允许拖延法律的执行了。

巴　　迪　夫人，我认为你误解我们了。

公爵夫人　我认为我没有误解他们。你们如果发现夜里有贼到家里来偷东西，并且把东西藏到他们的破衣烂衫里去，你们会停下来和他进行谈判吗？你们不会立刻把他交给警官或者警察，并且把他关进牢里去吗？现在，你们看着这个男人手上还染着我丈夫的鲜血，你们却要把他拉到法院来。然后再给他一斧头？

基　　多　啊，天呀！

公爵夫人　说呀，法官大人。

法务大臣　夫人，不行。巴杜亚的法律非常明确：根据法律，即使普通杀人犯也可以亲口进行辩护的。

公爵夫人　等一等再做公正的判断吧。这不是普通谋杀案，法官大人，这犯了大法、最恶毒的罪人，公然用武力来反对公国。他杀死了公国的统治者，等于灭了公国，使妻子成寡妇，使孩子成孤儿，当然就是公敌。如果他下令，威尼斯的枪就会听令攻打我们的城门——不，对我们共和国比明枪雷炮还更危险，可以攻破城门要塞等的木石可以重新做成武器。但是谁能把我被谋杀的公爵的尸体起死回生，再发出笑声来呢？

马飞岳　现在，用圣保罗的名义起誓，我认为他们不能再要他说话了。

杰　　坡　这里的问题还多着呢，听！

公爵夫人　为什么要在巴杜亚头上撒灰？为什么要在寂静的街上挂起飞沙走石的旗子？让每个人都穿起致哀的丧服，但在举行丧礼之前，不要忘了那只给我们国家带来祸事的凶手，立刻把他送进狭窄的坟墓，那里听不到人声，只有死神会用灰尘塞满那撒谎的嘴唇。

基　　多　放开我的手。混蛋！我对你说，法官大人，你要叫我住口，还不如叫怒涛汹涌的大海，叫冬天的旋风、阿尔卑斯山的狂风暴雨不要示威呢！啊！你可以把刀放在我颈上，但是每个伤口都会伸出舌头向你吐出怒骂。

法务大臣　老兄，你发脾气没有一点用；除了法庭开恩给你开口说话的合法权利，你说什么话都是没有意义的。（公爵夫人微微一笑，基多往后退了一步，做出绝望的姿态。）夫人，我和这些聪明的法官都在等待您恩准我们撤退到另外的会议室去决定这个困难的法律问题，好找到一个解决的办法。

公爵夫人　去吧，法官大人，不要让这个胡说八道的犯人得意忘形。

莫朗左　去吧，法官大人，问问良心，不要处死一个无罪的人。

（法务大臣和众法官下。）

公爵夫人　静一静,我生命中的歪才!你这是第二次来到我们之间。这一次,该轮到我说了算数。

基　多　我在发言之前不能死。

公爵夫人　你会无言死去,你的秘密也会随你而去。

基　多　你还是贝蒂斯那个公爵夫人吗?

公爵夫人　我是你造成的那个人,瞧瞧我,我是你的手工制造品。

马飞岳　瞧!难道她不像我们在威尼斯看到的印度兵送给公爵的那只白老虎吗?

杰　坡　不要说了,她会听见的。

刽子手　年轻人,我不知道你为什么不敢说话,你看我的斧头离你的颈这么近,随便你说什么,斧头都是锋利的。如果你要向它低头弯腰,那还不如去求那位神甫,人家都说他肯帮人忙呢。的确我知道他心地善良。

基　多　这个人是拿生命做买卖的,他比别人客气一点。

刽子手　那么,老天保佑,老兄,我要帮你做你在世上的最后一件事了。

基　多　那么这个做死亡买卖的人比别人还客气一点。

刽子手　当然啰,上帝爱你,老兄,我要为你做你在世上的最后一件事了。

基　多　我的红衣主教大人,在一个基督教世界里,基督仁慈的面孔从高高的审判台上向下一看,难道会让一个无罪的人得不到赦免?否则,如果说我有罪的话,能不能让我说清这个罪恶的事实？

公爵夫人　你只是在浪费时间。

红衣主教　哎呀，我的儿子，我没有世俗的权力。我的工作是在法院决定之后才开始劝说罪人向神圣教堂忏悔，说出罪恶心理的可怕秘密来的。

公爵夫人　你可以等到你的故事讲得唇干舌焦之后再忏悔吧，这里可不许讲。

基　　多　尊敬的神甫，你带来的是冷漠的安慰。

红衣主教　不对，我的儿子，我们圣母教堂伟大的力量不会随着这世界上的浮华虚荣而消失，正如杰罗姆所说的，我们只是这世界上的尘土，只要罪人死前忏悔，我们的祈祷和神圣的弥撒就会使有罪的灵魂走出净狱的。

公爵夫人　如果你在净狱中见到我夫君，心上还有红星般的血点，请告诉他是我要你来的。

基　　多　天呀！

莫　朗　左　这个就是你爱的女人吗？

红衣主教　爵爷对这个男人太残忍了。

公爵夫人　不比他对夫人更加残忍吧。

红衣主教　啊！他杀死了你的夫君。

公爵夫人　是的。

红衣主教　然而慈悲是君主的特权。

公爵夫人　我没有慈悲，所以不能给人。他使我的心成了铁石

69

心肠。他在田地里种上了恶草，他毒害了我心中怜悯的泉水，他使慈悲枯萎，并且连根拔掉；我的生活成了饥荒的土地，一切好东西都连根拔去了。我的一切都是他造成的。（夫人哭泣。）

杰　　坡　她居然这样爱这个坏公爵，这不奇怪吗？

马飞岳　女人爱丈夫是最怪的事，不爱丈夫，那也是一样怪。

杰　　坡　你真是个哲学家，皮特鲁斯！

马飞岳　啊！我能够忍受别人的痛苦；这就是哲学。

公爵夫人　他们拖得太久了，这些胡子花白的人开会总是这样；要他们快来吧。否则，我的心都要跳出来了。的确不是我在乎多活几天，老天晓得我的生活并不愉快；即使这样，我也不想孤独地死去，免得在地狱里凄凉。瞧，红衣主教大人，你不能看穿我的额头，看出用猩红文书写的"报复"二字吗？给我拿水来，我要洗掉这两个字；字昨夜就刻在我额头上了，到了白天，我不想再看到，对不对，红衣主教大人？啊，这字损害了我的头脑。拿刀来——不要这把，拿另外一把来——我要把字割掉。

红衣主教　这是很自然的，看到刺死你熟睡夫君的凶手，当然要发火了。

公爵夫人　主教老大人，我真想要把凶手烧死，但是要等以后。

红衣主教　不，教堂要我们原谅敌人。

公爵夫人　原谅？怎么原谅？我等不到。他们来了。那好，法官大人。（法务大臣上。）

法务大臣　最高贵的夫人，我们的主子，这个问题我们讨论了很久，并且考虑了夫人的高见，没有更美的嘴唇发表过这样美的高见了。——

公爵夫人　说下去吧，大人，不要恭维。

法务大臣　我们发现夫人说得有理，任何公民用暴力或阴谋伤害了主公的人身生命，都是事实上犯了法，没有其他公民所有的权利，因为他是罪人，是公众的敌人，可以随意用任何刀剑杀死而没有任何犯法的危险，即使带上任何法庭，也该洗耳倾听，哑口无言，接受应得的惩罚，并没有公开发言的权利。

公爵夫人　我衷心感谢你，法官大人；我拥护你宣布的法律，现在我请求你执行公正的法律，让犯人接受应得的处分；因为我已经感到疲倦，而行刑人也累了。那还等什么呢？

法务大臣　啊，尊贵的夫人，还有一点，这个犯人不是本地人，不是土生土长的巴杜亚人，因此没有对公爵效忠的义务，只有一般的规定。即使犯了多种谋杀的罪行，即使最轻的处分也是死刑，但他还有公开申辩的权利，并且是在大庭广众之中，在众目睽睽之下正式请求法院宽恕他的生命。否则，他土生土长的城市可以合法提出抗议，反对我国法庭不公平的审判，甚至可以发动战争。因此巴杜亚的法律对居住在本地的外地人更宽大。

公爵夫人　公爵的家庭成员算外地人么？

法务大臣　算，在他服役七年期满之前，他都不能算是巴杜亚公民。

基　多　我衷心感谢你，法官大人；我喜欢你们的法律。

市民二　我可一点也不喜欢法律。假如没有法律，也就没有破坏法律的人。那就大家都是好人了。

市民一　大家都是好人；这话说得好，使你大有前途。

提斯塔夫　好！前途是上绞架，混蛋。

公爵夫人　这是法律吗？

法务大臣　肯定这是法律，主上。

公爵夫人　拿书给我看：那是用血写的。

杰　坡　瞧公爵夫人。

公爵夫人　该死的法律。但愿国家能够抛弃这条法律，像我撕掉这一页一样容易。（撕掉一页。）来吧，巴迪伯爵，你不是贵族么？要我家给我准备一匹好马，我必须立刻到威尼斯去。

巴　迪　夫人要去威尼斯？

公爵夫人　什么也不要说。快去快来！（巴迪伯爵下。）等一等，法官大人。如果像你说的：这是法律——不，不，我怕你并没有说对。虽然这种事是对错难分的——那我能不能用我的权力把法院开庭的日子推迟？

法务大臣　夫人，你不能停止血案的审判。

公爵夫人　我不能待在这里听这个人用粗暴的语言诋毁神圣的人物。我在家中还有事情要办，我不得不走了。随从，准备起驾。

法务大臣　主上，在犯人说清楚是否有罪之前，你不能离开法庭。

公爵夫人　怎么？法官大人，你有什么权力阻挡我离开法庭的道路？难道我不是巴杜亚公爵夫人、国家主子的代理人？

法务大臣　为了这个理由，夫人，你必须留下来，你是生死关头的决定人。法院是条大河，法律就是河水，你若不在，河水就不流了。为了达到目的，你必须留下来。

公爵夫人　怎么，你要我违心留下来么？

法务大臣　我们请你不要违反法律。

公爵夫人　如果我一定要离开法庭呢？

法务大臣　你不能勉强法庭对你让步。

公爵夫人　我不能耽误了。（起身。）

法务大臣　侍臣在不在？站出来吧。（侍臣上前。）你知道怎么办。（侍臣关上舞台左边法院的门，公爵夫人及随从过来时，侍臣跪下。）

侍　臣　卑职敬请夫人不要使在下失敬，卑职尽责可能不受欢迎，但是法律规定卑职守门，夫人出门就是违法，不是卑职违法了。

公爵夫人　难道没有人来阻止挡路的人？

马飞岳　（拔出剑来。）啊，有我在呢。

法务大臣　马飞岳伯爵,请慎重一点。(对杰坡)你也一样,老兄。第一个对法院小吏动刀的人在天黑前就要处死。

公爵夫人　诸位,收起剑来。还是听话更好。(回到王座。)

莫朗左　现在,你把敌人掌握在手中了。

法务大臣　(拿起滴沙的时钟。)基多·费南蒂,在时钟的沙子漏完以前,你都可以说话。

基　多　那就够了,大人。

法务大臣　你已经站在死亡的边缘上;你要说实话,别的都没有用。

基　多　如果我不说实话,你就把我的身子交给刽子手吧。

法务大臣　(转向时钟。)犯人说话时要肃静。

侍　臣　法庭肃静。

基　多　法务大臣,尊敬的法官,我真不知道从哪里说起,事情是这样古怪得可怕。首先,让我告诉你们我的出身。我是诺任左公爵的儿子。他是被阴谋诡计害了命的,害他的是最坏的流氓,刚去世的巴杜亚城的公爵。

法务大臣　注意,嘲笑棺木中的公爵对你是不会有什么好处的。

马飞岳　圣詹姆斯在上,这里是帕尔玛公爵的合法继承人。

杰　坡　我一直认为他是高贵的。

基　多　我承认为了正当的报复,为了最正当地报复我的血海深仇,我进入了公爵的家庭,为他服务,和他同吃同喝;我承认,成了他最信任的人,直到他把生活中最机密的事都告诉了我，就像我高贵的父亲从前信任他一样；我等待时机。（对刽子手）你这个嗜血如命的人！不要提前把斧头砍到我颈上；谁知道现在是不是我该死还是别人该替我死的时候呢？

法务大臣　时钟的沙流得很快。快点谈你如何谋杀公爵的。

基　　多　我会简单说的。昨夜十二点钟我用粗绳爬上了王宫的墙壁，目的是要为我父亲报仇——对，这点我得承认，大人。我只能承认这么多。还有就是，我偷偷地爬上了通向公爵房间的楼梯，伸出手来摸猩红的门帘。门帘在风中摇摆。瞧！天上的明月把银光射入了黑暗的房间，黑夜用蜡烛给我照明，我看见我的仇人睡在床上，想到我亲爱的父亲被他谋害，送上了断头台，我就用我偶然在房里发现的这把匕首刺进了他的心房。

公爵夫人　（站起。）啊！

基　　多　（匆忙地说。）我就这样杀了公爵。现在，法官大人，我只要求恩准在日出前离开这讨厌的世界。

法务大臣　可以批准，就在今夜执行死刑。把他带走。夫人，请回。

（从人带下基多时，公爵夫人冲下舞台。）

公爵夫人　基多！基多！（晕倒。）

（闭幕。第四幕完）

第五幕

巴杜亚监狱的牢房；基多躺在牢房左边床上；舞台中左有张桌子，桌上有个瓶子，五个士兵围着角落里的石桌喝酒，掷色子；一个士兵戟上挂了一个灯笼；墙上有个火把照着基多头部。舞台中央有门，牢门两面有窗；外面是过道；舞台比较暗。

士兵一　（掷色子。）又是六点！皮耶罗。

士兵二　说实话，排长，我不跟你赌了，我已经输得精光。

士兵三　你还聪明，还没输光。

士兵二　对，对，聪明是拿不走的。

士兵三　不，是你送不出去的。

众士兵　（大声）哈！哈！哈！

士兵一　声音小点！不要吵醒了犯人；他睡着了。

士兵二　那有什么关系？他死了可以睡大觉。我敢保证：如果我们能够把他从坟墓中叫醒，他会非常高兴的。

士兵三　不会！等他醒来，就要受最后的审判了。

士兵二　对，他犯了大错；因为，你看，杀死我们血肉之躯

|||||是犯了罪,杀死一个公爵却是犯了法。
士 兵 一　对,对,他是一个坏公爵。
士 兵 二　那就不该碰他,如果你和坏人打交道,你自己也受坏人传染了。
士 兵 三　说得对,犯人多大年纪了?
士 兵 二　年纪大得可以做坏事,但是却不够聪明。
士 兵 一　那他什么年纪都没有关系。
士 兵 二　听说公爵夫人要赦免他。
士 兵 三　是这样吗?
士 兵 二　对,她再三请求法务大臣,但是大臣不肯。
士 兵 一　我想,皮耶罗,公爵夫人没有什么办不到的。
士 兵 二　对,大家都喜欢她,我看没有人比得上。
众 士 兵　哈!哈!哈!
士 兵 一　我的意思是说:公爵夫人没有什么事做不到。
士 兵 二　犯人现在交给法务大臣了,大家会看到公平办事的。他们和刽子手都一样;不过等到他的头砍下来了,公爵夫人赦免他又有什么用呢?没有什么法律反对砍头呀。
士 兵 一　我不认为刽子手胡大汉能像你们说的那样干他的活儿。这个基多是贵族出身,根据法律规定,如果他愿意的话,他可以先喝毒酒的。
士 兵 三　说实话,喝毒酒也并不舒服。
士 兵 二　那要看是哪一种毒酒?

士兵一　当然是吃了会死人的毒酒啰。

士兵二　毒药是怎么一回事？

士兵一　毒药像水，只是对健康没好处；如果你要尝尝，这个杯子里就有。

士兵二　天呀，如果对健康没好处，我可不想喝。

士兵三　如果他不喝毒药怎么办？

士兵二　那有什么，他们会杀了他。

士兵三　如果他喝了呢？

士兵一　那也是要死。

士兵二　那他就很难选择了。我想他不会选错的。

（有人敲门。）

士兵一　看看谁来了。

（士兵三走过去，从门窗中一望。）

士兵三　是个女人，老兄。

士兵一　她漂亮吗？

士兵三　我说不出，她戴了假面具，排长。

士兵一　遮脸的女人不是很难看，就是很好看。让她进来吧。

（士兵开门，公爵夫人戴假面、穿披风上。）

公爵夫人　（对士兵三）你是卫兵队长吗？

士兵一　（走上前去。）是我，夫人。

公爵夫人　我要单独见犯人。

士兵一　我怕这不可能。

（公爵夫人给他看戒指，他转过身去对夫人鞠躬，并对士兵说。）你们站到外面去。

（士兵退出。）

公爵夫人　队长，你的士兵不够礼貌。

士　兵　他们没有不尊敬的意思。

公爵夫人　我几分钟之后就要回去。过走廊时，叫他们不要我揭开面具。

士　兵　夫人不必担心。

公爵夫人　我有特别的原因不让人看见我的面孔。

士　兵　夫人，你有这个戒指可以随意出入；这是公爵夫人自己的戒指。

公爵夫人　你走吧。（士兵转身走出。）等一等，老兄，要到几点……？

士　兵　十二点行刑，夫人。我们奉命把他带走，但是我敢说他不会等我们。他更愿意在监狱外喝毒酒。犯人都怕刽子手。

公爵夫人　那是毒药吗？

士　兵　是的，夫人，是剧毒药。

公爵夫人　你可以走了，老兄。

士　兵　天呀，她的手真漂亮！不知道她是谁，说不定是一个爱他的女人。（下。）

公爵夫人　（脱下假面。）到底他现在可以逃走了！让他戴上假面，穿上披风。我们差不多一样高。至于我呢，那有什么关系？只要他走时不诅咒我就行了。他是有权诅咒我的。现在已经十一点了。他们不会在十二点以前来。等到他们发现鸟已经飞走了，会说什么呢？（走到桌子前面。）这就是毒药。你说怪也不怪：这药可以解决一切哲学问题？（拿起酒杯。）闻起来有鸦片味。我记得小时候在西西里，从一个角落里看见了一束罂粟花，我就做了一个小花圈，那位拿坡里认真的堂·约翰叔叔一见就大笑起来，我不知道这种好看的花却能堵塞生命的源泉，使血脉不再流通，一直等到人来把尸体拉出去丢到壕沟里。唉！——至于灵魂呢？上天还是下地？到哪里去？（拿下墙上的火把，看看床上。）他就躺在这里，多么安静，像个玩累了的小顽童，但愿我也能这样安稳地睡去，不过我会做梦。（弯下腰去看他。）可怜的孩子。如果我吻吻他怎么样？不，不，我的嘴唇会像火一般燃烧。他已经得到了足够的爱情。他雪白的颈脖可以逃脱刽子手的斧头，这我会管：今夜他就可以离开巴杜亚，那就好了。法务大臣，你很聪明，不过，你还不如我一半呢。那已经够了。啊，天呀，我多爱你，我多么愿戴爱情的火花！（走回桌前。）如果我把这药都吃下去，就这样完结一生，怎么样？难道这不比死神来到床前，带着悔恨、病毒、老年、痛苦这一班随从，要好得多吗？我怀疑那是不是更痛苦？我想现在死未免太年轻，但又不得不死。怎么？为什么？他今夜一走，他的血就不会玷污我。不，我还是一定要死；我犯了罪，所以我一定要死。如果他吻我，我会死得更快活，但是他不吻我了。我不了解他，我以为他要把我出卖给法官；这并不奇怪。我们女人从来不理解我们的爱人，一直要等到他们离开，我们才理解。（铃声。）讨厌的铃声。就像嗜血的猎狗从喉咙管里发出的要命喊声——不要喊了！你休想得到他的生命。他动了。——我一定要快。（拿起酒杯。）啊，爱情，爱情，爱情，没想到我会要你做这样的保证！

（喝毒酒，把酒杯放回后面的桌上，响声惊醒了基多。他跳了起来，没看见她做了什么；两人无言相对，彼此都注视着对方。）

我现在不是来求你原谅的，我知道我已经不可原谅了。我是个罪大恶极的坏女人，这就够了，先生，我已经向法官们承认了我的罪行；但是他们不肯相信。有人说我在编故事，要救你的命，你在和我做买卖；有人说对死去丈夫的悲哀使我失去了理智；他们不相信我，当我用《圣经》起誓的时候，他们要医生来给我看病。他们是十个人，对付我一个，他们掌握了你的生死权。他们在巴杜亚叫我作公爵夫人。我不知道，老兄；如果我是，我写了你的恕罪书，他们不接受，他们说是叛国，说这是我说的，也许我说过。一个小时之内，基多，他们就要来了，把你拉出牢房，双手反绑背后，要你跪在台上，我在他们前面。这里是象征巴杜亚的指环，它可以使你安全过关。这是我的披风和面具；他们奉命让你出城往左，在第二道桥有马把你送去威尼斯。明天你就安全了。（沉默。）你怎么不说话？为什么走前不骂我？你是有权骂我的。（沉默。）你不明白你和刽子手的斧头之间的短短距离，不比一个小孩手中的流沙更多更长；这是给你的指环。我已经洗过手了，你不必担心指环上还有杀人的鲜血。你要不要把指环拿去？

基　　多　（接过指环就吻。）啊！非常高兴，夫人。

公爵夫人　你还离开巴杜亚吗？

基　　多　离开巴杜亚？

公爵夫人　就在今夜。

基　　多　那就在今夜吧。

公爵夫人　啊，谢天谢地！

基　　多　这样我可以活下去：生命似乎从来没有现在这么甜蜜。

公爵夫人　不要耽误，基多，这是我的披风；马在桥边等你，就是过了渡口的第二道桥。你还迟疑什么？难道你的耳朵还听不见那可怕的钟声，每敲一下就要剥夺你短暂生命的一秒钟。快走吧。

基　　多　啊！他很快就要来了。

公爵夫人　你说谁呀？

基　　多　（不动声色。）还不就是刽子手呗？

公爵夫人　不，不。

基　　多　只有他能把我带出巴杜亚。

公爵夫人　你不能。我的灵魂负担已经很重了，你不能要我再负担两个死人。我看一个已经够了。等我站在上帝面前的时候，我不愿意要你雪白的颈子上围着猩红的血带，追在后面说是我造成的恶果。为什么要让地狱里咆哮的魔鬼可怜我呢？你总不能比关在上帝门外的魔鬼还更残忍吧？

基　　多　夫人，我等着呢。

公爵夫人　不，不，你不能，也不懂。今夜我在巴杜亚并不比普通女人更有力量；他们会要了你的命。我走过广场就看见断头台了。暴民挤在一起开可怕的玩笑。仿佛这是舞台而不是死神滩。啊，基多，基多，你一定得走！

基　　多　要死神放我，不是要你放我。

公爵夫人　啊，你太无情了。现在和从前一样。不行，不行，基多，你一定得走。

基　　多　夫人，我得待在这里。

公爵夫人　基多，你不能够待在黑夜里，留下来太可怕了：天上的星星看了都会大吃一惊，吓得掉了下来，月亮也会掉下半边，仿佛给狗吃了一半；伟大的太阳若看见你离开这个不公平的世界，也要拒绝发光了。

基　　多　但是我一定得走。

公爵夫人　（捏手。）你不知道，等到法官一来，我就不能让你躲过斧头了；不能再等了；难道我为你犯的罪还不够，一定要再犯更可怕的罪过吗？去，天呀，闭上丰产罪恶的子宫门，让它不能再怀孕吧。我的手不能再使人流更多的血了。

基　　多　（抓住她的手。）怎么？难道我已经卑贱得不能去为你而死吗？

公爵夫人　（挣开他的手。）为我而死？——不，我的生命不过是这个世界抛在泥泞道路上的垃圾，不值得你去为我而死，所以你一定不能为我而死，基多，因为我是一个有罪的女人啊。

基　　多　有罪？——让那些不知道什么是诱惑，让那些没有像我们一样从火热的感情中走过来，让那些生活得无精打采的，总而言之一句话，让那些没有爱过的人，如果世界上有这种人的话，那就让他们抛石头来砸死你吧。至于我——

公爵夫人　哎呀！

基　　多　（跪在她脚下。）你是我的夫人，你是我的情人！啊，黄金般的头发，啊，绯红的嘴唇，啊，为了引诱男人落入情网的美丽脸孔，使纯洁爱情变成有血有肉的形象！崇拜你，我忘了过去，崇拜你，我们心心相印，使我一个男人成了一个男神，即使粉身碎骨，感情也要不朽。（公爵夫人用手掩脸，基多把她的手拉下。）

亲爱的，拉开你的眼帘，我要看透你的心灵，告诉你我爱你啊，现在死神把冰冷的嘴唇伸到我们之间，贝蒂斯，我爱你，难道你就没有话要对我说？啊，我不怕刽子手，但受不了你的冷淡；难道你就不能说一声你爱我吗？只要你说一声"爱"，死神就无力行刺了。如果你不肯说，那比较起来，万死也不足道了。啊，你太残忍，并不爱我哟。

公爵夫人 哎呀！我没有权爱你，因为我已经用污血沾染了爱情清白的双手：地上的血迹斑斑都是我留下的伤痕。

基　多　亲爱的，那不是你，那是魔鬼对你的引诱。

公爵夫人 （忽然站起。）不对，不对，我们每个人都是魔鬼，使世界成了地狱。

基　多　那就让乐园变成番蛮吧！我宁愿把这个世界当作天堂的一角。因为我爱你啊，贝蒂斯。

公爵夫人 我不配啊，我只是个罪人。

基　多　不，耶稣基督在上，如果有罪的话，那罪都是我的，是我心中早就蓄意谋杀的了。是谋杀使我的菜香酒美，在我的心目中一天，就要杀死一百回这该诅咒的公爵。即使他只满足了我一半的愿望，死神也就已经在这房屋里雄踞阔步，谋杀当然更不会睡大觉了。而你呢，亲爱的心灵，你甜蜜的笑眼看见猎狗挨一鞭子都要心痛，连小孩子都要笑你胆小如鼠，因为你每走过一个地方，都要带来阳光雨露，你是上帝纯洁的天使，那么，人家说是你的罪恶，其实是什么呢？

公爵夫人　啊！其实是什么？有时像是梦，像凶神送来的一个噩梦，我看到棺材中死人的脸，知道这不是梦，我的双手都给血染红了，我绝望的灵魂却在狂风暴雨的世界中挣扎着为爱情寻找避难所，但是我的船却在罪恶的岩石上触礁了。你说那是什么？——那只是谋杀，仅仅是谋杀，可怕的谋杀么？

基　多　不是，不是，不是，那是你的爱情之花片刻间跳入了可怕的生活，结出了伤痕累累之果。我曾一千遍在思想中摘下了这些恶果，我的思想是谋杀犯，但是我的手不肯干；你的手却干了，虽然你的灵魂是纯洁的。因此我爱你，贝蒂斯。虽然天神不原谅你受了打击的头脑，但我还是爱你的。吻我吧，亲爱的。（要吻她。）

公爵夫人　不要，不要，你的嘴唇是纯洁的，我的却污染了，因为罪恶曾经是我的情人。我曾和他同床：啊，基多，如果你爱我，你就离开这里吧，因为每时每刻都是一条吞噬你生命的害虫；不，亲爱的，你走吧，如果你将来想到我，就把我当作一个爱你超过世上一切的女人；基多，把我当作一个女人，一个为了爱情而牺牲生命的女人，结果却在考验中把爱情杀死了。啊，这是什么声音？钟声不再响了。我只听见武装人员上楼的脚步声。

基　　多　（旁白）这是卫队要来的脚步声。

公爵夫人　为什么钟声不响了？

基　　多　如果你要知道，这就是说我，墓外生命要结束，墓中再见吧。

公爵夫人　不行，不行。现在还不太晚，你一定得走；马在桥边等你，时间还来得及，走吧，走吧，不能再耽误了！（过道中有士兵嘈杂声。）

士兵声　给法务大臣开道！

（法务大臣从格子窗外走过，前面有人拿火把带路。）

公爵夫人　现在已经太晚了。

外面声音　给刽子手让路。

公爵夫人　啊！

（刽子手肩上扛着斧头走过廊道，后面跟着手拿蜡烛的僧侣。）

基　　多　别了，亲爱的情人，我必须喝下这杯毒酒。我并不怕刽子手，但是我不愿一个人死在断头台上。

公爵夫人　啊！

基　　多　我愿意死在你的怀里，吻着你的嘴唇，说一声永别了。（走到桌前，拿起酒杯。）怎么是空的？你这吝啬的监牢，连毒药都舍不得给我！

公爵夫人　（软弱地）不要怪他。

基　多　啊，天呀！你还没有喝吧，贝蒂斯？告诉我你还没有喝。

公爵夫人　假如我否认的话，就有火在攻心，要我把话说出来。

基　多　啊，该死的爱情，为什么不给我留下一点毒药？

公爵夫人　不行，不行，只够毒死我一个人。

基　多　你的嘴唇就没有毒，可以让我分享一点吗？

公爵夫人　你为什么要死？你并没有要人流血，所以用不着死；我要人流血了，所以我应该死。这是谁说的？我已经忘记了。

基　多　等一等，我们的灵魂可以同死。

公爵夫人　不，你应该活下去。世界上还有许多女人会爱上你，她们不会为你进行谋杀。

基　多　但是我只爱你。

公爵夫人　你用不着因此就要死呀。

基　多　啊，如果我们同死，亲爱的，为什么不能葬同一座坟墓？

公爵夫人　坟墓只是婚姻的一张小床。

基　多　那对我们已经够了。

公爵夫人　他们会在床上铺着枯草和凸凹不平的床垫；我想，坟墓里恐怕不会有玫瑰花，如果有，那也是萎谢了的。

因为我的主子已经枯萎了。

基　　多　啊！亲爱的贝蒂斯，你的嘴唇就是死了也不枯萎的玫瑰。

公爵夫人　不对，如果我们躺在一起，我的嘴唇就会变成尘土，你培养爱情的眼睛却会缩成盲人的眼眶，微生虫成了我们的傧相，会吃掉你的心吧。

基　　多　我可不在乎。死亡对爱情是无能为力的，有了爱情不朽的权力，我愿意和你同生共死。

公爵夫人　但坟墓是黑暗的，墓道也是黑暗的，所以我必须先走一步，点亮蜡烛为你照明。（把基多推上前，背朝观众。）等你战胜了死亡，我要吻你。啊，难道你没有亲切的言语能使毒药不在我身上起作用？难道意大利没有一条河可以舀起一杯清水来扑灭我心中的烈火？

基　　多　啊，天呀！

公爵夫人　你不是告诉我意大利在闹饥荒，根本就没有水而只有火吧？

基　　多　啊，爱情！

公爵夫人　找一个会吸血的医生来。不是那个给我丈夫送命的，而是另外一个，我们已经没有时间找医生了。听说每一种毒药都有解救的药方，只要出钱就可以买到。告诉他我可以把巴杜亚给他，只要他给我短短的一小时生命：我不愿意死。啊，但我痛苦得要死。不，不要碰我，毒药在咬我的心；我不知道死是这样痛苦的：我以为生活中的痛苦已经无所不包了，看来并不是这样。

基　　多　啊，该死的星星，熄灭你们流泪的星光吧，请你们的女主人月亮今夜不要发光了。

公爵夫人　基多，你为什么也在这里？我觉得这间新房太平淡了。我们立刻到威尼斯去吧。今夜多冷啊！我们一定要马跑得快些。这是我们婚礼的钟声，是不是，基多？（外有僧侣歌声。）歌声应该快乐；但是现在流行的是哀乐——不知道为什么。你不要哭，难道我们不相爱吗？那就够了。死神，你来干什么？没有请你来赴宴呀，老兄；请你走吧。我们用不着你。我告诉你：我们喝的是酒，不是毒药。说我们服毒的是在撒谎。毒药和我主子的血都洒在地上；你来得太晚了。

基　　多　亲爱的，地上什么也没有：只是你眼花缭乱看到的影子。

公爵夫人　死神，你为什么还不走？快上楼去；我丈夫葬礼酒席上的冷肉是为你准备的；这里是婚礼，你走错了地方，老兄；再说，现在是夏天，用不着生这么大的火，你要把我们都烤焦了。基多，叫挖坟墓的人不要挖空坟了。我不要躺在那里。啊，我要烧焦了，烧得干干净净，心里只剩下火了。你没有办法吗？

水，给我拿水来，或者多点毒药。不，我不感到痛苦了——你说奇怪不奇怪，我不感到痛了。——死神已经走了。我很高兴，我以为他要分开我们。告诉我，基多，你不后悔不该见到我吗？

基　　多　我发誓我不愿过另外的生活。在我们这个平凡无聊的世界上，人宁死也要寻找这样的时刻，却没有找到。

公爵夫人　所以你不后悔。这看起来多么奇怪。

基　　多　怎么，贝蒂斯，难道我不曾面对美好的生活？人生如此也就够了。怎么，情人，我可以快活的；我往往在宴席上感到更悲哀，但是谁会在这样的宴席上感到悲哀呢？在爱情和死亡和我们一同干杯的时候，我们就和爱情同生死了。

公爵夫人　啊，我犯了女人不会犯的罪恶，也受到了女人不会受的惩罚。——不，你会认为这不可能吗？啊，你认为爱情能洗净我手上的血痕，给我的痛苦贴上膏药，治好我的内伤，使我鲜红的罪恶变得洁白如雪吗？但我还是犯罪了。

基　　多　为爱情犯罪就没有犯罪。

公爵夫人　不，我犯了罪，不过我的罪情有可原，因为那是为了爱情。

（在本幕中，两人第一次热情拥抱，突然可怕的死前痉挛使公爵夫人跳了起来，脸上出现痛苦的扭曲，倒在椅子上死去。基多从她腰间取出匕首自杀,倒在她的膝上,他抓住椅背上的披风,盖在夫人身上。舞台静了一阵,然后过道上士兵踏步走进。门一打开,法务大臣、刽子手和卫士进入,看见黑衣盖着的尸体和躺在上面的基多。法务大臣冲上前去,揭开公爵夫人的外套,她的脸孔像平静的大理石,象征着上帝的宽赦。)

(闭幕)

汉译文学名著

第一辑书目（30 种）

伊索寓言	〔古希腊〕伊索著	王焕生译
一千零一夜		李唯中译
托尔梅斯河的拉撒路	〔西〕佚名著	盛力译
培根随笔全集	〔英〕弗朗西斯·培根著	李家真译注
伯爵家书	〔英〕切斯特菲尔德著	杨士虎译
弃儿汤姆·琼斯史	〔英〕亨利·菲尔丁著	张谷若译
少年维特的烦恼	〔德〕歌德著	杨武能译
傲慢与偏见	〔英〕简·奥斯丁著	张玲、张扬译
红与黑	〔法〕斯当达著	罗新璋译
欧也妮·葛朗台 高老头	〔法〕巴尔扎克著	傅雷译
普希金诗选	〔俄〕普希金著	刘文飞译
巴黎圣母院	〔法〕雨果著	潘丽珍译
大卫·考坡菲	〔英〕查尔斯·狄更斯著	张谷若译
双城记	〔英〕查尔斯·狄更斯著	张玲、张扬译
呼啸山庄	〔英〕爱米丽·勃朗特著	张玲、张扬译
猎人笔记	〔俄〕屠格涅夫著	力冈译
恶之花	〔法〕夏尔·波德莱尔著	郭宏安译
茶花女	〔法〕小仲马著	郑克鲁译
战争与和平	〔俄〕列夫·托尔斯泰著	张捷译
德伯家的苔丝	〔英〕托马斯·哈代著	张谷若译
伤心之家	〔爱尔兰〕萧伯纳著	张谷若译
尼尔斯骑鹅旅行记	〔瑞典〕塞尔玛·拉格洛夫著	石琴娥译
泰戈尔诗集：新月集·飞鸟集	〔印〕泰戈尔著	郑振铎译
生命与希望之歌	〔尼加拉瓜〕鲁文·达里奥著	赵振江译
孤寂深渊	〔英〕拉德克利夫·霍尔著	张玲、张扬译
泪与笑	〔黎巴嫩〕纪伯伦著	李唯中译
血的婚礼——加西亚·洛尔迦戏剧选	〔西〕费德里科·加西亚·洛尔迦著	赵振江译
小王子	〔法〕圣埃克苏佩里著	郑克鲁译
鼠疫	〔法〕阿尔贝·加缪著	李玉民译
局外人	〔法〕阿尔贝·加缪著	李玉民译

第二辑书目（30种）

枕草子	〔日〕清少纳言著	周作人译
尼伯龙人之歌	佚名著	安书祉译
萨迦选集		石琴娥等译
亚瑟王之死	〔英〕托马斯·马洛礼著	黄素封译
呆厮国志	〔英〕亚历山大·蒲柏著	李家真译注
波斯人信札	〔法〕孟德斯鸠著	梁守锵译
东方来信——蒙太古夫人书信集	〔英〕蒙太古夫人著	冯环译
忏悔录	〔法〕卢梭著	李平沤译
阴谋与爱情	〔德〕席勒著	杨武能译
雪莱抒情诗选	〔英〕雪莱著	杨熙龄译
幻灭	〔法〕巴尔扎克著	傅雷译
雨果诗选	〔法〕雨果著	程曾厚译
爱伦·坡短篇小说全集	〔美〕爱伦·坡著	曹明伦译
名利场	〔英〕萨克雷著	杨必译
游美札记	〔英〕查尔斯·狄更斯著	张谷若译
巴黎的忧郁	〔法〕夏尔·波德莱尔著	郭宏安译
卡拉马佐夫兄弟	〔俄〕陀思妥耶夫斯基著	徐振亚、冯增义译
安娜·卡列尼娜	〔俄〕列夫·托尔斯泰著	力冈译
还乡	〔英〕托马斯·哈代著	张谷若译
无名的裘德	〔英〕托马斯·哈代著	张谷若译
快乐王子——王尔德童话全集	〔英〕奥斯卡·王尔德著	李家真译
理想丈夫	〔英〕奥斯卡·王尔德著	许渊冲译
莎乐美 文德美夫人的扇子	〔英〕奥斯卡·王尔德著	许渊冲译
原来如此的故事	〔英〕吉卜林著	曹明伦译
缎子鞋	〔法〕保尔·克洛岱尔著	余中先译
昨日世界：一个欧洲人的回忆	〔奥〕斯蒂芬·茨威格著	史行果译
先知 沙与沫	〔黎巴嫩〕纪伯伦著	李唯中译
诉讼	〔奥〕弗兰茨·卡夫卡著	章国锋译
老人与海	〔美〕欧内斯特·海明威著	吴钧燮译
烦恼的冬天	〔美〕约翰·斯坦贝克著	吴钧燮译

第三辑书目（40种）

埃达	〔冰岛〕佚名著　石琴娥、斯文译
徒然草	〔日〕吉田兼好著　王以铸译
乌托邦	〔英〕托马斯·莫尔著　戴镏龄译
罗密欧与朱丽叶	〔英〕莎士比亚著　朱生豪译
李尔王	〔英〕莎士比亚著　朱生豪译
大洋国	〔英〕哈林顿著　何新译
论批评　云鬓劫	〔英〕亚历山大·蒲柏著　李家真译注
论人	〔英〕亚历山大·蒲柏著　李家真译注
亲和力	〔德〕歌德著　高中甫译
大尉的女儿	〔俄〕普希金著　刘文飞译
悲惨世界	〔法〕雨果著　潘丽珍译
安徒生童话与故事全集	〔丹麦〕安徒生著　石琴娥译
死魂灵	〔俄〕果戈理著　郑海凌译
瓦尔登湖	〔美〕亨利·大卫·梭罗著　李家真译注
罪与罚	〔俄〕陀思妥耶夫斯基著　力冈、袁亚楠译
生活之路	〔俄〕列夫·托尔斯泰著　王志耕译
小妇人	〔美〕路易莎·梅·奥尔科特著　贾辉丰译
生命之用	〔英〕约翰·卢伯克著　曹明伦译
哈代中短篇小说选	〔英〕托马斯·哈代著　张玲、张扬译
卡斯特桥市长	〔英〕托马斯·哈代著　张玲、张扬译
一生	〔法〕莫泊桑著　盛澄华译
莫泊桑短篇小说选	〔法〕莫泊桑著　柳鸣九译
多利安·格雷的画像	〔英〕奥斯卡·王尔德著　李家真译注
苹果车——政治狂想曲	〔英〕萧伯纳著　老舍译
伊坦·弗洛美	〔美〕伊迪斯·华尔顿著　吕叔湘译
施尼茨勒中短篇小说选	〔奥〕阿图尔·施尼茨勒著　高中甫译
约翰·克利斯朵夫	〔法〕罗曼·罗兰著　傅雷译
童年	〔苏联〕高尔基著　郭家申译
在人间	〔苏联〕高尔基著　郭家申译
我的大学	〔苏联〕高尔基著　郭家申译

地粮	〔法〕安德烈·纪德著	盛澄华译
在底层的人们	〔墨〕马里亚诺·阿苏埃拉著	吴广孝译
啊，拓荒者	〔美〕薇拉·凯瑟著	曹明伦译
云雀之歌	〔美〕薇拉·凯瑟著	曹明伦译
我的安东妮亚	〔美〕薇拉·凯瑟著	曹明伦译
绿山墙的安妮	〔加〕露西·莫德·蒙哥马利著	马爱农译
远方的花园——希梅内斯诗选	〔西〕胡安·拉蒙·希梅内斯著	赵振江译
城堡	〔奥〕弗兰茨·卡夫卡著	赵蓉恒译
飘	〔美〕玛格丽特·米切尔著	傅东华译
愤怒的葡萄	〔美〕约翰·斯坦贝克著	胡仲持译

第四辑书目（30种）

伊戈尔出征记		李锡胤译
莎士比亚诗歌全集——十四行诗及其他	〔英〕莎士比亚著	曹明伦译
伏尔泰小说选	〔法〕伏尔泰著	傅雷译
海上劳工	〔法〕雨果著	许钧译
海华沙之歌	〔美〕朗费罗著	王科一译
远大前程	〔英〕查尔斯·狄更斯著	王科一译
当代英雄	〔俄〕莱蒙托夫著	吕绍宗译
夏洛蒂·勃朗特书信	〔英〕夏洛蒂·勃朗特著	杨静远译
缅因森林	〔美〕梭罗著	李家真注译
鳕鱼海岬	〔美〕梭罗著	李家真注译
黑骏马	〔英〕安娜·休厄尔著	马爱农译
地下室手记	〔俄〕陀思妥耶夫斯基著	刘文飞译
复活	〔俄〕列夫·托尔斯泰著	力冈译
乌有乡消息	〔英〕威廉·莫里斯著	黄嘉德译
生命之乐	〔英〕约翰·卢伯克著	曹明伦译
都德短篇小说选	〔法〕都德著	柳鸣九译
无足轻重的女人	〔英〕奥斯卡·王尔德著	许渊冲译
巴杜亚公爵夫人	〔英〕奥斯卡·王尔德著	许渊冲译
美之陨落：王尔德书信集	〔英〕奥斯卡·王尔德著	孙宜学译
名人传	〔法〕罗曼·罗兰著	傅雷译
伪币制造者	〔法〕安德烈·纪德著	盛澄华译
弗罗斯特诗全集	〔美〕弗罗斯特著	曹明伦译

弗罗斯特文集	〔美〕弗罗斯特著	曹明伦译
卡斯蒂利亚的田野：马查多诗选	〔西〕安东尼奥·马查多著	赵振江译
人类群星闪耀时：十四幅历史人物画像	〔奥〕斯蒂芬·茨威格著	高中甫、潘子立译
被折断的翅膀：纪伯伦中短篇小说选	〔黎巴嫩〕纪伯伦著	李唯中译
蓝色的火焰：纪伯伦爱情书简	〔黎巴嫩〕纪伯伦著	薛庆国译
失踪者	〔奥〕弗兰茨·卡夫卡著	徐纪贵译
获而一无所获	〔美〕欧内斯特·海明威著	曹明伦译
第一人	〔法〕阿尔贝·加缪著	闫素伟译

图书在版编目（CIP）数据

巴杜亚公爵夫人／（英）奥斯卡·王尔德著；许渊冲译．—北京：商务印书馆，2023
（汉译世界文学名著丛书）
ISBN 978-7-100-22599-1

Ⅰ.①巴…　Ⅱ.①奥…②许…　Ⅲ.①悲剧—剧本—英国—近代　Ⅳ.①I561.34

中国国家版本馆 CIP 数据核字（2023）第 112784 号

权利保留，侵权必究。

汉译世界文学名著丛书
巴杜亚公爵夫人
〔英〕奥斯卡·王尔德　著
许渊冲　译

商 务 印 书 馆 出 版
（北京王府井大街 36 号　邮政编码 100710）
商 务 印 书 馆 发 行
北京市十月印刷有限公司印刷
ISBN 978 - 7 - 100 - 22599 - 1

2023 年 8 月第 1 版　　开本 850×1168　1/32
2023 年 8 月北京第 1 次印刷　印张 3¼
定价：35.00 元